To Clare
from Dad.
Brusse
November 2002

COLLECTION FOLIO

Philippe Delerm

Le Portique

Gallimard

Philippe Delerm est né le 27 novembre 1950 à Auvers-sur-Oise. Ses parents étaient instituteurs et il a passé son enfance dans des «maisons d'école» à Auvers, à Louveciennes, à Saint-Germain.

Après des études de Lettres, il enseigne en Normandie où il vit depuis 1975.

Il a reçu le prix Alain-Fournier 1990 pour *Autumn* (Folio n° 3166), le prix Grandgousier 1997 pour *La première gorgée de bière et autres plaisirs minuscules*, le prix des Libraires 1997 et le prix national des Bibliothécaires 1997 pour *Sundborn ou Les jours de lumière* (Folio n° 3041).

« Mais comment dire
un insaisissable malaise ? »

GUSTAVE FLAUBERT,
Madame Bovary.

Ce recul infime du corps, quand il ouvrait la fenêtre du salon donnant sur le jardin. C'était à cause de Réglisse, le chat noir. Réglisse était mort depuis deux ans, mais Sébastien avait gardé ce réflexe de retrait — le chat sautait toujours sur l'appui de la fenêtre, au retour de ses errances nocturnes, et le jour n'était pas levé. Sébastien avait cette réticence, ce raidissement : Réglisse lui enfonçait ses griffes dans la cuisse pour se rétablir. Puis aussitôt il se coulait à ses pieds, se frottait contre ses jambes avec une douceur insistante — pour se faire pardonner sa brutalité, ou bien peut-être pour réclamer son lait, déjà. Alors Sébastien pouvait refermer la fenêtre avec une énergie définitive, la magnanimité du patriarche accueillant les brebis égarées, une petite phrase où la tendresse se cachait, condescendante, sous la vulgarité stéréotypée — presque une réplique de film :

— Tu as bien dragué toutes les minettes du quartier ?

Toute cette belle assurance, ce sentiment de dominer la vie, simplement parce que Réglisse était rentré, qu'on allait lui verser son lait, qu'on avait supputé ses frasques. Le ronron des infos à la radio prenait soudain une présence.

Sébastien ne pensait plus guère à Réglisse. L'endroit où on l'avait enterré dans le jardin avait bien changé, les noisetiers avaient grandi, les fleurs disparu. C'était étrange de retrouver seulement cette petite hésitation rétive, cette méfiance du buste, quand il ouvrait la fenêtre du salon. Ce n'était pas même une manière de se souvenir. Mais de garder, sans le vouloir.

On garde tout. Les gens, les bêtes, les choses qu'on aimait sont là dans notre corps, nous attachent au-delà des mots. En d'autres temps, cette idée-là aurait beaucoup plu à Sébastien. Il avait tellement voulu habiter le monde avec des gestes, des rites, sentir se diffuser cette chaleur qu'il connaissait en lui. Mais quelque chose était tombé. Il se sentait soudain si veuf et lourd, dans le petit matin, en reculant pour rien lorsqu'il ouvrait la fenêtre du salon. À cause de Réglisse ? Non, ce n'était pas une tristesse aussi précise. Plutôt comme une espèce de fragilité désagréable et vaine, et la fenêtre refermée n'y changeait rien. La tête presque vide, le corps lourd de mémoire, il était traversé.

Ça peut venir n'importe quand. On se croit fort, serein dans sa tête et son corps, et puis voilà. Un vertige, un malaise sourd, et tout de suite on sent que ça ne passera pas comme ça. Tout devient difficile. Faire la queue chez le boulanger, attendre au guichet de la Poste, échanger quelques phrases debout sur le trottoir. Des moments creux, sans enjeu apparent, mais qui deviennent des montagnes. On se sent vaciller, on croit mourir et c'est idiot.

Très vite, on culpabilise, et ça n'arrange rien. Il y a les handicapés, les cancéreux, les sidéens, tous ceux qui viennent de perdre quelqu'un. De quel droit peut-on se sentir mal, être si mal? Et puis c'est beaucoup plus stupide encore, mais on se sent vexé. On ne meurt pas.

Sébastien Sénécal se croyait doué pour la vie. C'était une chance, un peu injuste, comme toutes les chances. Il sentait en lui cette aptitude à vivre bien comme on se félicite d'avoir une bonne santé, sans mérite ni honte. Son métier de professeur de Lettres en collège lui avait toujours paru utile et agréable — il avait la chance de l'exercer dans un de ces établissements presque ruraux où les rapports avec les élèves sont loin d'être agressifs. Il aimait sa femme Camille, professeur de musique, qui jouait de la viole de gambe et venait de prendre un mi-temps pour assumer plus complètement sa passion au sein d'un groupe de musique baroque. Bien sûr, il regrettait un peu le temps où leurs enfants, Marine et Julien, vivaient encore dans leur vieille maison normande.

Mais à quarante-cinq ans, Sébastien continuait à envisager la vieillesse avec sérénité. Les chroniques de Giono lui avaient dit ce qu'il voulait entendre : on pouvait trouver un profond bonheur à fumer trois pipes dans la journée, parce que le médecin vous avait ordonné de n'en plus fumer que trois. Et chacune prendrait à la fois ce parfum presque défendu, cette suavité de la sensation dégustée, étirée. Oui, vieillir ça devait être cela. La part d'enfance retrouvée. À neuf ans, il savourait le livre sur Napoléon parce que l'illustration de la bataille de Moscou ne viendrait qu'à la page 157. Il fallait cette soif, cette alchimie secrète du plaisir : attendre, désirer. Le cheval ivoire de l'empereur se fondait presque avec l'immensité du champ de neige, le manteau gris souris bordé d'une fourrure mince se mariait au ciel d'orage lourd. Il connaissait l'image par cœur, mais il fallait surtout ne pas la regarder. La voir surgir après deux soirées de lecture, un champ de neige imaginaire traversé pour toucher cette neige, enfin. Vieillir pourrait être aussi fort. Il suffirait de s'inventer la soif, le temps pour l'étancher.

Alors pourquoi se sentir mal soudain, comme coupé du monde ? Pourquoi cette paroi de glace entre les choses et soi ? Spasmophilie. Tétanie. Chacun des médecins qu'il avait rencontrés avait son couplet sur le mal. Certains hochaient la tête avec un air dubitatif ou même goguenard. En salle des professeurs, une collègue mariée à un disciple d'Hippocrate avait lancé à l'heure du café :

— Jacques dirait : ça c'est encore des maladies de bonne femme !

Le machisme de la remarque avait bien suscité çà et là quelques réprobations paisibles, amollies par leur prévisibilité, par le désir de passer une récréation tranquille. Sébastien étudiait *Le Rouge et le Noir* avec les troisième C. Il avait vu se dessiner aussitôt l'image de Monsieur de Rênal, chapitre huit, première partie, opposant au mal de tête de sa femme cette réplique tonitruante :

«Voilà comment sont toutes les femmes ! Il y a toujours à raccommoder quelque chose à ces machines-là !»

Une maladie de bonne femme. Sébastien ne voyait rien d'injurieux à se laisser glisser dans un mal-être «féminin» — qu'est-ce que ça voulait dire ? L'extrême fin du siècle, malgré toutes les ouvertures, toutes les confusions, tous les mélanges, pouvait laisser ainsi passer quelques clichés bien lourds, reflets d'une société lointaine — il est vrai qu'à Plainville, au cœur de la Normandie, on avait souvent le sentiment de vivre encore à l'époque de Balzac ou de Stendhal.

Psychosomatique. Pour beaucoup de gens, la spasmophilie relevait de cette épithète condescendante, et même si on ajoutait que psychosomatique ne signifiait pas imaginaire, le discrédit était jeté. Une maladie pour femme, ou bien une maladie féminine, c'est-à-dire pour des gens compliqués, insatisfaits, fragiles. Fragile. C'était cela qui angoissait Sébastien. Il savait bien que ses malaises étaient réels, cette sensation de perte d'équilibre, ces tremblements incontrôlés qui le prenaient étaient de l'ordre du physique — et du physique encore la succession de bâillements qui lui venait quand le malaise commençait à s'effacer. Mais un médecin l'avait rassuré : pas de problème cardiaque. Une tension certes élevée, mais probablement d'origine nerveuse. Alors ? Alors ce ridicule d'être tout à fait mal sans vraie cause, hypocondriaque ou presque. Mais surtout cette certitude de se sentir découvert, et comme percé à jour. «Êtes-vous susceptible ?» lui avait demandé un homéopathe. Et Sébastien n'avait pu qu'acquiescer. Mais comment ne pas l'être quand on est professeur de collège, à chaque heure de cours jugé, soupesé par des regards d'enfants, d'adolescents ? Par ailleurs, Sébastien avait toujours entendu dire qu'il était sensible. Pour lui, ce mot restait moins attaché à l'intensité de ses tristesses qu'à cette capacité de contentement qui le faisait sourire malgré lui, dans les circonstances les plus banales, avec un petit claquement de langue dont il n'avait pas conscience, mais que ses proches lui faisaient remarquer.

Être bien. Être mal. C'était aussi brutal que ça, mais pas tout à fait aussi simple. Dans ces sensations nouvelles pour lui de tâtonnements, d'angoisses, de vertige, Sébastien éprouvait comme en filigrane tout ce qu'avait été le bien. L'impossibilité de feuilleter des bouquins debout dans une librairie avant de faire son choix lui mettait presque les larmes aux yeux, non pas à cause d'un sentiment d'impuissance, mais parce que tout d'un coup cela devenait merveilleux de feuilleter des bouquins debout dans une librairie. Il reposait précipitamment le livre sur la table devant le malaise qui l'étreignait, mais à la douleur de ne plus faire se mêlait curieusement le bonheur d'avoir fait.

C'était un vendredi matin, juste au début de sa journée au collège, à huit heures. Depuis quelque temps, Sébastien appréhendait les premières minutes de son premier cours. Ce quart d'heure passé, il retrouvait une assurance, des automatismes, parvenait à se détendre lui-même en lançant une plaisanterie. Les sixième B n'étaient pas plus effervescents que d'habitude, et même un peu intimidés par la nervosité de Sébastien, qui n'en finissait pas de se déplacer, de s'asseoir sur un coin du bureau puis de se relever aussitôt pour gagner le fond de la classe tout en parlant, sans raison apparente. Il n'aimait pas cette salle 4 trop longue, infiniment blafarde sous les néons, dans laquelle il ne venait heureusement que deux heures par semaine. Un vertige l'avait pris au moment de noter les demi-pensionnaires et les absents. En relevant la tête, il s'était senti vaciller : la salle n'était plus qu'un long couloir éblouissant, un élève l'interrogeait, mais il ne pouvait percevoir ses paroles. Il avait tenté de respirer, de se reprendre, s'était lancé dans la lecture à voix haute de la nouvelle de Giono *L'homme qui plantait des arbres*. Mais rien à faire. Au bout de quelques phrases, il s'était mis à haleter, et les élèves avaient commencé à se regarder d'un air interrogateur. La jambe gauche de Sébastien tremblait. Il songea un instant aux six heures de cours qu'il devait assurer, et, blême, finit par s'excuser :

— Je... Je crois que je vais devoir vous quitter. Je ne me sens pas trop bien...

Les élèves l'avaient accompagné du regard dans un silence médusé.

Deux comprimés de magnésium avalés dans les toilettes ne l'avaient pas remis d'aplomb. Le Principal lui avait conseillé de rentrer chez lui — si vous vous sentez en état de conduire.

Il n'y avait que quelques kilomètres. Mais quand le médecin était arrivé, Sébastien tremblait encore violemment, et le docteur, tout en se voulant rassurant, n'avait pas transigé :

— Écoutez, cette fois, je vais quand même vous mettre sous calmant, il faut enrayer ça jusqu'aux vacances de Pâques. Sinon, vous êtes en train de nous préparer une belle petite dépression.

Une illumination. Cela lui était venu comme un éclair, un éclaboussement de lumière dans le magma de ses torpeurs inquiètes. Il fallait un portique là, au centre presque géométrique du jardin, entre le buisson de vivaces et les bouleaux. Jusqu'alors, Sébastien avait toujours trouvé ce jardin trop grand. C'était une réalité pénible, qui l'obligeait à faire pétarader sa tondeuse pendant au moins deux heures chaque semaine. Il tirait une fierté raisonnable de cette humble participation à l'enthousiasme horticole ambiant — Camille s'était montrée dès l'achat de la maison une passionnée de la bisannuelle, une enragée du semis.

À Plainville, les conversations s'avançaient souvent sous des auspices herbeux :

— Vous avez pas encore tondu ? Si, moi c'est fait, depuis deux jours.

Lancer cette phrase le premier était devenu pour Sébastien un luxe vaguement pervers, qui le mettait de plain-pied avec des jardiniers-bricoleurs d'une stature sensiblement supérieure à la sienne. Sa vanité secrète était des plus dérisoires, il ne l'affichait pas. En fait, il n'en revenait pas d'avoir réussi pendant dix ans à faire fonctionner sa tondeuse. Si ténues qu'elles fussent, ses compétences jardinières l'emportaient largement sur son savoir mécanique : il avait besoin de plonger dans la notice pour ouvrir le capot de sa voiture, et ses deux dernières crevaisons s'étaient soldées, l'une par un coup de fil désespéré à son garagiste, et l'autre par le bris d'une manivelle de cric qui n'avait pas résisté à sa nervosité. Mais Gaby — oui, c'était le nom de sa tondeuse, et sa fidélité le portait à lui vouer une certaine tendresse — ne l'avait jamais lâché. Aiguisée par un ami cinq ans auparavant, la lame continuait vaillamment à couper l'herbe — pas très ras, mais cela tombait bien : Sébastien n'aimait pas le ras.

Tondre l'herbe, creuser un trou pour y enfoncer l'herbe tondue, porter à la décharge quelques brouettées de branches taillées par Camille : jusqu'alors, sa contribution à la vie du jardin avait été en quelque sorte négative. Il empêchait de pousser. Quant à imaginer de faire pousser, ou, pire encore, d'imprimer quelque marque personnelle à l'ordonnancement des choses, il en était très loin. Et puis était venu ce sale hiver où il s'était senti si mal, et comme à l'envers de lui-même.

Un matin, Sébastien s'était surpris à jeter sur le jardin un regard différent. Après tout il avait là, devant lui, à portée de regard et de gestes un espace, un enclos de docilité, de soumission virtuelles, où son mental crispé pourrait trouver un réconfort, ou une échappatoire. Mais on était en mars, et malgré sa médiocrité agricole, il n'était pas sans connaître l'adage :

> «À la Sainte-Catherine
> Tout arbre prend racine.»

Pas question de planter le moindre érable au seuil du printemps. Et quant aux fleurs... Son exploit le plus récent dans ce domaine avait semblé rédhibitoire. Avisant un jour dans le garage un carton plein de pommes de terre fripées, germées, il avait cru bon de les évacuer avant un pourrissement désagréable. Cette action méritoire n'éveilla pas d'écho jusqu'au jour où Camille lui demanda de sa voix la plus naïve :

— Tu n'aurais pas vu mes tubercules de dahlias ?

La question mit quelque temps à traverser

son subconscient, mais Sébastien vit peu à peu se dessiner l'image de somptueux dahlias automnaux, s'évertuant à pousser dans une décharge publique sur un compost d'épluchures et de marc de café...

De toute façon, le savoir de semer implique la sagesse d'attendre, et Sébastien voulait agir tout de suite, avec un résultat spectaculaire. C'est alors que l'idée du portique s'imposa. L'espace ouvert du jardin n'avait pas la prétention de mériter l'épithète de «paysager» qui donne libre cours aux enthousiasmes immobiliers. Mais il y avait le charme du vieux cognassier qui servait de tonnelle, et puis les deux pommiers, les cerisiers, le tilleul, plantés au fil des ans. Camille avait étiré peu à peu quelques plates-bandes buissonnières. Le mur de parpaings qui longeait tout le côté nord se couvrait lentement de vigne vierge.

Au centre du jardin, un vague mouvement circulaire commençait à s'amorcer entre la plate-bande des bouleaux et le buisson des genêts, des sureaux. Un passage s'ouvrait là : et c'est là qu'il manquait quelque chose, le petit rien qui donnerait un sens à tout l'ensemble, susciterait deux hémisphères, inventerait tout à coup le jardin de Guermantes et le jardin de Swann. Quatre poteaux, deux traverses, et sur cette structure nécessairement austère déferleraient bientôt des vagues mauve-rose de clématites, des clochettes de chèvrefeuille à l'odeur entêtante et sucrée. Les soirs d'été, un béotien de bonne volonté demanderait l'origine de ces effluves montant dans la tiédeur de l'ombre, et on lui répondrait :

— C'est le portique de Sébastien.

Instruite de ces projets, Camille se révéla d'emblée ravie, moins sans doute par l'ampleur de la contribution de Sébastien que par la perspective de lui voir oublier un peu son mal-être.

— Mais pourquoi appelles-tu ça un portique ? C'est plutôt une espèce de pergola que tu veux faire ?

Sébastien ignorait la signification précise du mot, mais il refusa d'emblée le vocable. Sûrement pas une pergola ! Une pergola, cela sentait le raffinement languide, la préciosité, une espèce de prétention amidonnée masquée de désinvolture italianisante. Évidemment, le mot *portique* avait contre lui des connotations gymniques fâcheuses — et puis, malgré sa bonne volonté, il ne se sentait pas de taille à édifier une construction assez solide pour qu'on y accrochât une balançoire. Mais dans le mot *portique* dormait aussi l'idée d'une sagesse hellénique. On y voyait déambuler des philosophes en robe blanche, exposant leur pensée avec une parfaite maîtrise du corps qui traduisait la paix de l'âme. Peut-être sous son portique Sébastien retrouverait-il le pouvoir de se connaître et de s'accepter ? Dans *portique* il y avait *porte* aussi, le signe d'un passage dont il ignorait le sens, mais qui gagnerait en substance avec sa construction.

Déjà, la pure tâche oxygénante prenait une valeur symbolique. Toutefois, en se rendant chez le pépiniériste du bourg, Sébastien ne pensait pas y trouver le démiurge qui devait tant influer sur son destin. Certes, le choix délibéré du petit commerce était un risque — il ne manquait pas dans la campagne alentour de grandes surfaces riches d'un matériel horticole de tout poil. Mais l'achat d'un tel matériel devait dans l'esprit de Sébastien se faire à pied, dans une flânerie positive suivie d'un élan de courtoisie villageoise. De plus, il avait avisé l'année précédente dans la cour du pépiniériste un lot de piquets qui feraient son affaire.

Las, à peine avait-il entendu le bip bip électronique signalant son entrée dans ladite cour — voilà à quoi en sont réduites les courtoisies villageoises — qu'un coup d'œil inquiet le rendait d'avance à l'évidence : il n'y avait plus de piquets. Le pépiniériste s'approcha avec un de ces «qu'est-ce qu'y voulait?» normands qui donnent envie de tourner la tête en quête d'un tiers — mais non, c'était bien à lui que le discours s'adressait.

L'évocation du lot de piquets dormant dans un coin de sa cour sembla plonger le commerçant dans une amnésie profonde, puis progressivement atténuée, qui finit par se muer en petit éclair de lumière au fond de son regard plissé, confronté soudain à un problème d'une angoissante complexité.

— Oui oui oui, j'ai dû avoir ça…

Un silence tomba. Puis, devant la réitération patiente du désir de Sébastien, le pépiniériste sembla tout à coup en proie à une hésitation matoise. Dès lors, son discours ne fut plus qu'un vague bredouillement.

— Les longerons… en demi-ronde… Ça encore, les longerons… J'pourrai les avoir… J'vous les aurai…

Un brouillard silencieux continuait à entourer les poteaux, qui se révélaient d'un métal décidément bien rare.

— Oh! vous savez, je pourrai les trouver ailleurs…

Malgré la douceur de l'intonation, la phrase de Sébastien secoua violemment son interlocuteur, qui parut l'esquiver comme une attaque.

— Non non non! Attendez… On va s'débrouiller… Attendez… Dimanche prochain, je fais une journée portes ouvertes… Je dois aller chercher des plantes… J'vais p'têt vous trouver votre affaire… Repassez dimanche!

Le dimanche matin, Sébastien se hâta donc, le cœur entreprenant, vers son pépiniériste. L'opération portes ouvertes avait drainé un public imposant. Beaucoup de gens âgés, de résidents secondaires, amoncelant chacun une réserve de forsythias, d'azalées, de rhododendrons. Sébastien le sentit d'emblée : avec ses petits poteaux, il n'allait pas être le client-roi. Certes, il savait le mépris qu'il fallait vouer à ces jardiniers replanteurs, inconséquents et dépensiers. Camille lui montrait souvent avec fierté ses boutures, ses marcottages, ses semis :

— Trois boutures de weigelia ! Chez Duval, j'en aurais pour deux cents francs !

Mais davantage que leur prodigalité, Camille dénonçait chez les jardiniers du week-end une philosophie horticole que Sébastien n'approuvait pas non plus. Souvent, les replanteurs étaient aussi des castrateurs, forceurs d'arbres à renfort de haubans, mastiqueurs de blessures, goudronneurs de cicatrices. Ils aimaient le plastique blanc des sacs de terre de bruyère, les tuyaux d'arrosage aux tons fluorescents, enroulés régulièrement sur des dévideurs fonctionnels. Pour Sébastien, un tuyau d'arrosage devait ressembler à celui qui dormait dans le jardin de son grand-père, ondulant paresseusement autour d'une vieille planche à laver, emmailloté çà et là de chatterton et de ficelle avec sa couleur chaleureuse de rustine desséchée. De là ne pouvait couler qu'une eau-douceur, une eau-lumière. Mais aux dévidoirs mécaniques le sort infligeait justement la punition de l'eau calcaire.

Le pépiniériste n'avait apparemment pas les mêmes griefs que Sébastien à l'égard de ses visiteurs. Il n'en finissait pas de ne pas le voir, replongeant sans cesse dans la luxuriance de ses rhododendrons bluffeurs, de ses fuchsias à l'estomac. Quand il consentit à l'apercevoir, la duplicité de son enjouement parut manifeste. Il y eut d'abord un sonore « Bonjour Monsieur Sénécal ! » destiné à l'ensemble de la personne de Sébastien, au plaisir du pépiniériste de le voir figurer dans la flatteuse opération portes ouvertes. Un sourire au-dessus des contingences, débarrassé de toute préoccupation mercantile — avec tout au plus une vague intention de montrer aux Parisiens penchés sur les azalées de quelle convivialité se nourrissaient les rapports villageois. De fait, lesdits Parisiens relevèrent la tête et se tournèrent vers Sébastien avec un air de bienveillance affectueuse qui le mit parfaitement mal à l'aise. C'est avec une mesquinerie honteuse qu'il osa s'avancer, masqué de précautions oratoires :

— J'étais passé voir, pour mes poteaux ?

Cette fois, le pépiniériste n'eut pas recours à l'amnésie différée ni à la perplexité douloureuse. Il se contenta de secouer la tête avec accablement, puis d'élever les bras dans un mouvement circulaire qui embrassait toute la frénésie papillonnante de l'opération portes ouvertes ; et certes la sueur lui perlait au front ; et certes toutes ces plantes nouvelles qui l'entouraient avaient dû être l'objet de nombreux voyages matinaux en camionnette. Comment les poteaux de Sébastien auraient-ils pu surnager dans cette déferlante ?

Déjà, le sourire condescendant des Parisiens se muait en reproche — Sébastien n'était pas un simple autochtone de bonjour enthousiaste passager ; mais un client interrupteur aux exigences déplacées. Déjà, Sébastien battait en retraite pendant que le pépiniériste continuait à tisser dans la durée la trame de son destin avec une promesse où l'on pouvait sentir un léger rappel aux convenances :

— La semaine prochaine, hein, Monsieur Sénécal ? Ça sera plus tranquille. Samedi prochain, sans problème !

Sébastien se mit donc en devoir de trouver d'autres occupations horticoles. Le soleil de mars et la douceur inhabituelle de la semaine précédente avaient réveillé l'herbe. Envisager la première tonte semblait raisonnable — d'habitude, Sébastien s'arrangeait pour la repousser au mois d'avril, quitte à se faire plaindre pour l'ampleur de la tâche. Mais quelque chose avait changé, décidément. En rentrant du collège le lundi après-midi — à quoi bon inquiéter Camille en lui disant qu'un long vertige l'avait pris pendant qu'il rendait leurs rédactions à ses élèves de sixième — il enfila son vieux jean de velours olive et ses bottes de caoutchouc du même ton. Cette coquetterie apparemment désinvolte était assez étudiée. En fait, Camille trouvait que Sébastien était beau en jardinier. Cela le flattait et l'irritait à la fois — c'était certes très bien de se savoir admiré, mais pourquoi précisément dans un uniforme qu'il souhaitait endosser le moins souvent possible ? Cependant, Sébastien l'avait toujours senti : marcher à grands pas dans l'herbe avec des bottes, cela lui convenait, cela s'accordait à une part de lui-même qu'il n'affichait qu'avec une sorte de dérision transitoire — quand un ami l'apercevait dans cette tenue, son bonjour était le plus souvent assorti d'un petit sourire en coin, voire d'un commentaire élogieux-moqueur :

— Oh ! là là, les grandes manœuvres, hein ?

Sébastien semblait moins obéir à une nécessité qu'à une volonté de snobisme en enfilant les gants de jardin.

Il n'avait que trop abondé dans le sens pervers de cette petite comédie. Désormais, il serait un jardinier sérieux, un homme en bottes austère et pragmatique. Pour s'en convaincre, il décida sur-le-champ de vidanger sa tondeuse. Il crut entendre Gaby pousser un soupir de soulagement tandis qu'il la couchait sur le sol et la laissait pleurer le sang visqueux, saumâtre, qui croupissait dans ses entrailles. La boîte métallique coincée sous le carter qui devait recueillir l'huile usée se renversa plus d'une fois sur le sol de la grange, mais Sébastien arriva à peu près à ses fins, même si la quantité d'huile neuve fut généreuse mais approximative — on n'apprend pas en un jour à se servir correctement d'une jauge hypocritement auréolée de dégoulinures insaisissables. La mise en marche du moteur fut aussi longue qu'à l'accoutumée, mais différente. Au lieu de tirer sur le ressort du démarreur en saccades agacées ponctuées de grommellements, Sébastien l'actionna à intervalles espacés, respectueux de cette hibernation qu'il venait suspendre. Quant à la tonte elle-même, il prit un plaisir inattendu à la diluer dans le temps, à la ponctuer de petits soins inhabituels, d'arrachage de branches au long des massifs conjugaux, de longs coups d'œil portés sur l'ensemble du jardin. Il faisait bon marcher à longues bottées dans un terrain qui devenait un peu lui-même, et dont l'élasticité — rendue par endroits chaotique à cause des taupinières — lui conférait une sorte de souplesse intérieure, que le fléchissement rapide du soleil rendait précieuse et menacée.

L'herbe tondue, les branches trop hirsutes arrachées, les poteaux du portique encore absents, pour quelques jours au moins Sébastien n'avait pas de nécessité qui le poussât vers le jardin. Il y revint pourtant plus longuement chaque soir, reculant à l'après-dîner la correction des paquets de copies qui s'entassaient, la préparation de ses cours. En quatrième justement, en liaison avec le programme d'Histoire, il avait décidé de faire étudier quelques extraits de *Candide*. «Il faut cultiver notre jardin» : la phrase lui trottait dans la tête, mais plus encore le commentaire qui l'accompagnait dans le manuel : «Loin de nous laisser sur l'impression décourageante d'un pessimisme fataliste, la conclusion de *Candide* nous offre un remède pratique au mal qui règne dans le monde.»

Avec un égocentrisme coupable, Sébastien

devait bien s'avouer qu'il recherchait beaucoup moins «un remède au mal qui règne dans le monde» qu'un soulagement au mal qui régnait en lui. Ainsi le recours littéral au jardin lui apparaissait-il à la fois comme une source d'apaisement possible et comme une fuite.

L'espace désormais voué au portique lui semblait chaque soir plus grand, plus nu, plus vide. Certes, rien n'était perdu. La saison commençait à peine. Sur le long mur gris, les branches de l'ampélopsis demeuraient hivernales, à peine constellées çà et là de minuscules bourgeons lie-de-vin. Le châtaignier, le noyer n'annonçaient encore aucune audace, aucune promesse. Les pivoines se manifestaient bien, mais dans une tonique rusticité, un peu comme une élégante qui eût pris plaisir à se déguiser en épouvantail domestique pour faire son ménage : comment penser que de ces coques de feuillage ébouriffées, proches de l'artichaut, sourdraient des corolles pourpres et roses, humides de langueur, éperdues de douceur consentante ?

Quant aux tulipes, changeantes au fil des ans, mais le plus souvent panachées de mauve et de blanc, elles ne déployaient la vigueur de leurs feuilles enroulées à la manière des serviettes, au restaurant, que pour mieux se faire attendre : une voisine avait dit à Camille et Sébastien les avoir toujours connues «du temps de Madame Barrois», plus de quarante ans auparavant. Les bulbes enfoncés profondément dans la terre préparaient leurs exploits tardifs avec une sagesse nuancée de coquetterie : pour donner naissance à la fleur, ils attendaient la fin des dernières gelées, mais aussi la disparition des tulipes plus récentes, dont les couleurs bêtement vives déshonoraient la corporation.

Mais le lilas blanc ne connaissait rien de ces stratégies dilatoires. Avec une belle inconscience, il s'était lancé à l'assaut du ciel laiteux. De minuscules grappes vert pistache dont les rondeurs lilliputiennes évoquaient davantage le brocoli que la hampe liliacée s'aventuraient dans l'air frisquet — une auréole de rouille menaçante à la base des bourgeons n'avait pas suffi à les dissuader.

Aux pieds de Sébastien, des primevères jaune pâle se détachaient sur l'herbe neuve. Ce jaune si léger, à peine safrané au cœur de la fleur, le velouté infime de la tige, et puis cette bonhomie râpeuse de la feuille. Une feuille de primevère, en arrondis vieillots, en traces terreuses comme on en trouve aux mains des jardinières, au creux des rides.

Pour le reste, Sébastien trouvait qu'il y avait trop de jaune. Passe pour le jaune pâle des primevères, mais le flamboiement agressif des forsythias, mais l'éclat presque artificiel des jonquilles l'agaçaient. Il avait envie de bleu, de blanc. Il aurait voulu trouver dans l'herbe cette eau pascale des sous-bois où règnent les jacinthes, les pervenches.

Pour la première fois, Sébastien se surprenait à quêter ainsi les moindres signes, les plus menus balbutiements de cet univers certes familier, mais que jusque-là il n'avait jamais réellement investi. Il avait pour habitude d'afficher un certain dédain pour le printemps, pour ce déferlement de vie que les vivants gardaient le droit de trouver parfois déplacé. Mais là, l'hiver avait pesé sur lui d'un long poids d'acier morne, oppressant, jouant ton sur ton avec l'hostilité diffuse de ces malaises sournois qui le guettaient. Il fallait autre chose, et ce serait peut-être le printemps.

Il fallut patienter encore deux semaines. Mais les poteaux arrivèrent enfin dans la cour de Monsieur Duval.

— Si vous voulez que j'vous les livre, pas de problème !

Non, Sébastien ne voulait pas. C'était son histoire, il ne fallait pas y toucher, et tant pis si trois allers-retours s'avéraient nécessaires — le pépiniériste n'était pas si loin. Pour se faire pardonner la lenteur de sa livraison, Monsieur Duval se lança devant sa caisse dans une longue digression sur l'inquiétante sécheresse de la saison, mais Sébastien l'interrompit impoliment :

— Je vous dois combien, pour tout ça ?

Parler debout de sujets qui ne l'intéressaient guère, c'était précisément le type de situation qui lui provoquait aussitôt un malaise. Il remplit difficilement son chèque ; sa signature ne fut qu'un gribouillis informe.

Il ne se sentit un peu moins mal que dans la rue, ses piquets sous le bras. Oui, c'était lourd, l'exercice n'avait rien de nécessaire, mais Sébastien avait besoin de cela, d'une tâche physique qui l'absorbât, lui permît d'oublier dans un effort gratuit toutes les questions qui commençaient à l'assaillir, et dont il ne savait jamais si elles provoquaient le vertige, ou simplement l'accéléraient.

Quand il revint chez le pépiniériste pour le troisième voyage, Sébastien aperçut une élévatrice qui s'installait juste en face de chez Duval. Fatigué, les mains glissantes de sueur, il s'arrêta quelques instants. Sur la petite place en triangle, l'ancienne épicerie de Madame Hamelet était fermée depuis plusieurs années. On avait parlé d'y installer un musée de la vie d'autrefois, d'y accueillir un village d'artisans. Mais les partisans du parking l'avaient emporté — ils l'emportent toujours. La destruction de l'épicerie apparaissait toutefois comme une menace lointaine. Et voilà que des ouvriers de la ville accrochaient au bout d'un treuil une lourde boule noire menaçante. Sébastien restait là, médusé. Il dut ranger sur le trottoir ses derniers poteaux qui entravaient la circulation. Des badauds s'étaient rassemblés. On entendait des : «Eh ben, ils en auront mis du temps, à s'décider!» et des «Ça va faire quand même plus propre!».

Alors, écœuré, Sébastien s'éloigna. L'épicerie de la mère Hamelet! Il lui avait toujours semblé que le cœur du village battait là. Quand Marine et Julien étaient petits, Madame Hamelet leur clignait de l'œil, à la fin des courses, et les enfants savaient ce que cela voulait dire. L'épicière essuyait ses mains sur son tablier, se haussait sur la pointe de ses charentaises, et descendait de son étagère la bouteille de liqueur boîte à musique. Elle remontait la clé au fond de la bouteille, et la posait sur le comptoir. Marine et Julien, fascinés, regardaient la petite danseuse corsetée de rouge, juponnée de noir, tournicoter dans des paillettes d'or, sur fond de valse tressautante. Madame Hamelet croisait alors les mains sur son ventre proéminent, un grand sourire aux lèvres, et les autres clients pouvaient attendre. Ah! certes, ce n'était pas fonctionnel, le bric-à-brac de la mère Hamelet. Mais il y avait les vrais œufs de ferme, la moutarde au détail, la cloche grillagée pour le fromage. Il y avait surtout une façon d'administrer le quartier inflexible et démocratique — les jours de panne d'électricité, on n'avait droit qu'à deux bougies: «il en faut pour tout l'monde!». Et dès six heures les ouvriers qui «faisaient la nuit » à l'usine trouvaient la boutique allumée. À la mort de la mère Hamelet, la dernière épicerie de Plainville avait disparu avec elle. Désormais le bourg disposait d'un hypermarché, sur la route de Blasnes.

Non, Sébastien ne voulait pas voir ça. Il avait déjà parcouru deux cents mètres quand il entendit dans son dos le premier coup sourd — le parking avait gagné.

Avec l'action, le malaise de Sébastien s'était dissipé, mais il ne pouvait s'empêcher à présent d'associer la construction de son portique à la destruction de l'épicerie. Certes, le portique relevait d'une initiative strictement privée, mais la fibre villageoise de Sébastien trouvait entre ces deux événements des correspondances évidentes : il y avait d'une part un monde qui finissait tristement dans les gravats et l'indifférence, et de l'autre une volonté un peu dérisoire de construire un passage — entre quoi et quoi ?

Quand il eut rassemblé les longerons, les poteaux, les clous longs et le marteau de charpentier au centre du jardin, Sébastien perdit un bon quart d'heure à chercher l'escabeau branlant. Il ne le retrouva finalement qu'après de longues tractations avec Camille. C'est elle qui l'avait dissimulé dans la grange du fond — la dernière fois que Sébastien s'en était servi pour couper les branches du cognassier, il avait replié l'escabeau sur ses doigts, et s'était fracturé le majeur de la main droite.

C'est donc avec un sentiment d'impuissance désolée que Camille finit par avouer l'endroit de la cachette. Puis elle repartit vers la maison en levant les mains au ciel, et prétendant qu'elle ne voulait pas assister au drame.

Cette défiance à l'égard de ses qualités de bricoleur avait plutôt mis Sébastien de bonne humeur. Après tout, il n'avait guère de prétentions dans ce domaine, et il n'est jamais désagréable de savoir que l'on craint pour votre santé. Il se mit donc à la tâche, qui s'annonçait difficile. La terre était très dure, il lui fallut l'attaquer à la pioche. Il la brandissait en l'air quand tout à coup ses yeux s'arrêtèrent sur un petit piquet de bois blanc fiché en terre. Oui, c'était bien ce qu'il restait de l'ancien but de foot — l'autre piquet avait disparu depuis longtemps. Avant, quand Julien rentrait du collège, il venait là, son goûter à la main, et commençait à jongler avec un ballon, pied gauche, pied droit. Sébastien le rejoignait et lui proposait de se mettre « dans les buts » symbolisés par les deux piquets blancs. À l'époque, il n'y avait pas le buisson de vivaces ni les bouleaux. Dans le terrain presque désert, le but de foot était le seul indice de vie, la seule ébauche de structure d'un espace qui semblait donc voué au jeu et à l'enfance, dans l'attente d'un futur. Sébastien dut enlever le piquet pour enfoncer à grand-peine son premier poteau.

Bien sûr, Sébastien comptait sur ce mercredi — son seul jour de liberté complet — pour édifier le portique. Mais rien ne l'obligeait à terminer ce travail le jour même. Pourtant, il entreprit l'ouvrage avec une frénésie inquiète, s'interrompant quelques minutes à l'heure du déjeuner pour avaler un sandwich et un café. Déjà, trois des quatre poteaux étaient fixés, et même si la terre à leur pied paraissait un peu meuble, Sébastien l'avait assez tassée pour espérer qu'elle se solidifiât. Depuis le début du mois, il pensait souvent que ce genre de travail lui viderait l'esprit, le contraignant à une réflexion purement liée au bricolage. Mais la construction du portique se révélait décevante à cet égard. En plantant son dernier poteau, en tanguant dangereusement sur l'escabeau pour enfoncer les longues pointes sur les longerons en demi-ronde, Sébastien ne pouvait s'empêcher d'éprouver des sentiments mêlés. À quelques pas de là, on démolissait l'épicerie de la mère Hamelet. Lui-même détruisait avec sa fausse pergola le but de foot, et au-delà toute cette époque dans laquelle il s'était senti si bien. Après tout, ce petit talent qu'il croyait avoir pour goûter les choses, ce n'était peut-être rien qu'un moment de la vie, un moment où l'on s'inté-resse aux danseuses qui tournicotent au fond de la liqueur, aux reprises de volée qui sentent le goûter pain-beurre-chocolat. Il y avait toutes ces images en lui, tandis qu'il enfonçait les derniers clous. À la tombée de la nuit, il n'était plus très sûr de posséder sa vie, mais le portique était fini.

— Monsieur Sénécal, vous aurez la visite de l'Inspecteur le jour de la rentrée des vacances de Pâques, en deuxième heure, avec les troisième C !

Il était de bon ton d'accueillir ce genre de nouvelle avec désinvolture. Objectivement, l'inspection n'avait pas à inspirer aux professeurs de terreur excessive. On pouvait y gagner en cas de réussite un avancement plus rapide dans les échelons de la « carrière ». Le mot avait toujours fait sourire Sébastien. Prof depuis vingt ans dans le même petit collège de province, il s'y était construit une image, mais n'avait guère le sentiment de poursuivre une carrière — le mot lui paraissait lourd de connotations réfrigérantes, presque mortifères. En cas d'échec, à moins d'un véritable désastre, les risques étaient limités à une stagnation salariale plus longue, un « passage à l'ancienneté» qui n'avait rien d'effrayant. Il n'empêche. Sébastien avait vu les plus tranquilles blêmir légèrement en salle des profs, juste-avant-d'y-passer, les plus rebelles accepter sans broncher l'entretien pédagogique suivant l'inspection où ils étaient censés remettre-les-pendules-à-l'heure. Certes, il savait bien que «dans le privé, c'est tous les jours qu'on est inspecté», comme le lui serinait son beau-frère. Mais l'enjeu était ailleurs, dans ce qu'une inspection aussi éloignée de la précédente — la dernière de Sébastien remontait à douze ans — pouvait avoir d'infantilisant. Bien sûr, tout cela était très aléatoire, lié à la personnalité de l'inspecteur, à son humeur du jour... Il y avait cependant une espèce de caution, de sceau posé sur tout un pan de vie professionnelle, à la lumière d'une seule heure de cours, au demeurant bien peu représentative, tant elle dépendait de la classe avec laquelle on était soupesé.

Et puis à l'évidence, le moment tombait mal. Sébastien était censé se trouver dans la force de l'âge, et il se sentait précisément depuis quelques mois dans la faiblesse de l'âge; ses certitudes pédagogiques n'étaient pas épargnées par l'inquiétude qui le poignait dans tous les domaines.

Le principal, Monsieur Frapier, jaugeait

Sébastien avec un enthousiasme vaguement moqueur.

— La troisième C, c'est plutôt une classe agréable ! Et puis vous avez toutes les vacances de Pâques pour vous préparer !

Sébastien prit le ton le plus détaché pour clore l'entretien :

— Eh bien, cela ne changera pas ma vie, mais je vous remercie de m'avoir prévenu, Monsieur le Principal.

Et c'est d'un pas exagérément nonchalant qu'il se dirigea vers la salle des profs, où la nouvelle suscita bientôt une gourmande compassion.

Avant, Sébastien aimait bien passer les vacances chez lui. C'est bien de rester à la maison quand on n'a rien à faire. Souvent il pleut. On tourne un peu en rond, et puis on va fouiller dans les placards, les greniers et les granges, comme si le temps à perdre vous mettait d'emblée sur la piste d'un temps retrouvé. On se lève très tôt.

Ce matin-là, le premier des vacances de Pâques, Sébastien émergea vers six heures. Camille avait dû prendre un Témesta pour achever une insomnie. Dans la cuisine, par la fenêtre à petits carreaux, le bleu pâle de l'aube autour du cognassier. En passant près de la radio, il faillit appuyer sur le bouton, mais suspendit son geste. Pourtant il aimait bien les programmes du petit matin, la présence des voix, la surprise des rediffusions nocturnes, puis l'alternance des chroniques et des nouvelles. Il regrettait souvent d'avoir cours à huit heures moins cinq, et de ne pouvoir goûter jusqu'au bout cette succession familière de séquences attendues qui préparaient le jour et l'effaçaient. Écouter la radio, entendre la radio, la mêler au pain grillé qui saute dans le grille-pain quand on ne l'attend plus, à l'odeur mentholée du dentifrice, c'était une façon de se livrer au monde qui préservait l'intégrité, la solitude.

Mais ce jour-là il suspendit le geste de sa main avançant vers le poste, comme s'il y avait eu dans ce besoin des autres voix une solution de facilité, un aveu de faiblesse. Oui, pourquoi ce réflexe? Sitôt dans la cuisine, sitôt dans la voiture... Bien sûr, il aimait les chroniqueurs, cette façon qu'ils avaient de différer dans la semblance. Mais cette curiosité-là n'était qu'un alibi. Pourquoi le comprit-il ainsi ce matin-là? Le talent des autres n'était pas en cause. C'était lui qui avait besoin de la radio, et soudain c'était trop. Lui qui prétendait ne jamais s'ennuyer, ne jamais se sentir seul, pourquoi éprouvait-il dès le matin ce besoin de ronron radiophonique? Il y avait là déjà comme un vide à combler, une interrogation, une inquiétude.

Il s'était toujours dit «du matin», heureux de précéder le jour en allumant le jour sous la cafetière, d'avancer dans les pièces avec une prudence de voleur, de chuchoter des pas sur la marge des choses. Souvent, il sortait acheter le pain et des croissants pour respirer profondément dans la nuit finissante, échanger chez la boulangère ces quelques phrases réservées aux éclaireurs de l'aube — et connaître surtout le plaisir de rentrer, de se sentir au chaud parce qu'on a pris le froid. Mais depuis quelque temps, le matin n'était plus son territoire. Il s'y sentait flottant, menacé. Plusieurs malaises lui étaient venus juste après le réveil. La salle de bains lui apparaissait avec une sorte de froideur clinique. Il n'en finissait pas de préparer le petit déjeuner avec des gestes contradictoires qu'il ne pouvait s'empêcher d'analyser. Pourquoi se relevait-il sans cesse pour aller prendre du beurre, le sucre, les tartines, incapable de tout installer d'abord sur la table avec sérénité ?

Il refusa juste à temps d'allumer la radio. Le café avalé, il se contraignit à rester quelques instants à table. Étrange, cette sensation de prendre un risque, simplement parce qu'il laissait s'installer une certaine vacuité, un presque silence. Il repoussa son bol, approcha sous ses yeux le pot de gelée de groseille. Quand il était enfant, il faisait ça, souvent, s'embarquant loin de tout pour un grand voyage immobile.

Il y avait toujours ces grands glaciers rouge profond, aux crêtes presque transparentes. Toutes les petites facettes taillées par le passage des cuillères faisaient autant de replats mystérieux, où l'on pouvait peut-être s'installer au soleil, et contempler le rubis éclatant de la vallée. Tout près, l'ombre installait des gouffres impressionnants, qu'il ne fallait pas regarder. Pas d'avant, pas d'après. Simplement devenir la gelée de groseille, les mains autour du pot, sous les reflets de la lampe. Oui, c'était encore facile, il fallait juste le vouloir, et s'arrêter. Sébastien releva enfin la tête. La brume s'effaçait un peu dans le jardin. Il se promit de prendre tous les temps, pendant ces deux semaines de vacances. Le temps de découvrir le nouveau spectacle de cirque de Julien et de ses copains, au festival d'Elbeuf, d'aller faire un tour à Paris, d'y voir Marine. Le temps de parler longtemps avec Camille, de marcher. Le temps de croire à son jardin. Le temps de se plonger infiniment dans chaque pot de confiture.

Il n'y avait pas grand monde devant le petit chapiteau bayadère blanc et bleu. Trente personnes, peut-être, et assez peu d'enfants. Pourtant, partout dans la ville les banderoles s'étalaient en travers des rues : «Festival du cirque, du 5 au 12 avril». Mais apparemment, le nom *Bulles de lumière* n'était pas incitatif. Julien avait prévenu Sébastien :

— Non, tu sais, pour nous ça ne marche pas trop, ce genre de festival où on est mélangés avec les cirques traditionnels. Mais...

Oui, le reste de la phrase allait sans dire. Il fallait bien vivre, si toutefois l'on pouvait prétendre vivre à cinq en offrant comme seule valeur marchande un univers de poésie légère, transparente...

Sébastien haussa les épaules, acheta un ticket à la caisse avec un petit hochement de tête pour Nathalie, qui l'avait reconnu. Quel plaisir mêlé d'inquiétude c'était de pénétrer dans ce cercle sombre, coupé du monde, qui sentait le bois nu des gradins, la toile imperméable ! La première fois, Sébastien était arrivé très à l'avance, comptant les spectateurs au goutte-à-goutte, craignant qu'il n'y en eût pas assez pour que le spectacle eût lieu. Mais il savait désormais. Ce n'était jamais tout à fait plein, tout à fait vide, le risque n'était pas là.

Il s'installa au dernier rang, comme s'il eût été impudique de s'approcher davantage de ce qui faisait la vie même de Julien. Dans l'obscurité, le son de la flûte commença bientôt à s'élever, une mélodie très fluide, mystérieuse et douce, que Valérie avait écrite pour le spectacle. Dans les premiers temps, les *Bulles de lumière* avaient vu grand, avec un trio de cuivres qui jouait des mélodies pétaradantes et désuètes que Sébastien aimait bien. Mais c'était bien trop cher, et puis Emmanuel et Julien avaient voulu infléchir le style du spectacle vers une dimension plus théâtrale et plus intime encore. Sébastien trouvait presque incroyable et émouvant qu'une fille comme Valérie, deuxième prix de Conservatoire, refuse une place dans l'orchestre d'Île-de-France pour suivre le vol aléatoire des *Bulles de lumière*. Il s'en voulait de ne pas avoir décelé plus tôt chez Julien cette force de persuasion qui avait emporté l'adhésion de tout le groupe. Étudiants plus ou moins diplômés, Nathalie, Valérie, Emmanuel et Grégoire avaient coupé court à des projets tranquilles de chimie organique, d'informatique ou d'enseignement pour partir sur les routes. Et c'était Julien qui était à l'origine de ce choix, le timide Julien dont le parcours scolaire avait été des plus modestes, le Julien seulement passionné de football et de longues balades à bicyclette! Julien le taciturne, avec lequel Sébastien avait eu tant de mal à communiquer, pendant que Marine se révélait d'une sensibilité si franche, si facile à pénétrer.

La flûte s'arrêtait. Une voix s'éleva, venue de la coulisse — celle d'Emmanuel, qui apparut bientôt dans le faisceau gris bleuté d'un projecteur, et vint s'asseoir nonchalamment sur le bord de la piste, les genoux contre les épaules. Il avait posé son chapeau de Monsieur Loyal à ses pieds, et l'histoire qu'il commençait à raconter n'avait pas grand-chose à voir avec le boniment rituel des présentateurs. Une histoire d'amour et d'amitié, l'histoire d'un cirque de fortune, écrite très simplement, à la troisième personne. Mais il y avait une magie qui venait des mots, et plus encore de la façon dont Emmanuel les faisait tomber, de plus en plus bas, chuchotant presque pour obliger les spectateurs à se pencher, à se tenir ensemble tout à coup. Sébastien sentit la chair de poule sur ses avant-bras. Il avait vu Julien poursuivre la rédaction de ce texte, allongé sur son lit un dimanche d'automne, dans sa chambre d'enfant. Emmanuel s'arrêtait de parler. Le chant de la flûte reprenait, et l'on voyait apparaître un jongleur ou bien deux funambules, un mime mélancolique en costume d'Arlequin, un couple étrange d'acrobates qui dessinaient un ballet au ralenti, et l'on suivait leurs ombres sur la toile du chapiteau.

Ce n'étaient pas des numéros, mais des climats prolongés de l'histoire qu'Emmanuel reprenait sans effort, dès que la flûte s'arrêtait. Tout était rond, soudain, dans le puits de lumière, et chaque spectateur devait sentir glisser en lui la même émotion — car le silence se faisait de plus en plus intransigeant, jaloux et palpable.

Quand le projecteur s'éteignit sur les derniers mots d'Emmanuel, on attendit un peu pour applaudir et Sébastien sourit dans le noir. Avant de retrouver le code du spectacle, chacun soulignait cette surprise en soi, et cette presque gêne à retrouver gestes habituels, lumière crue, pulls enfilés, rangs de gradins escaladés gauchement. Quelques applaudissements encore et puis plus rien. Sébastien attendit un long moment avant d'aller saluer Julien :

— Je ne reste pas. Je suis venu seul, tu sais, Camille avait une répétition.

Puis, plus doucement :

— C'était plus que beau, mon grand. Vous les aurez, c'est sûr !

Et le haussement d'épaules évasif de Julien, si pâle avec son maquillage d'Arlequin, un dernier salut de la main, on se voit dans huit jours...

La solitude de la voiture. La chair de poule encore, peut-être simplement la fraîcheur de la nuit. Pôles de lumière orangés sur le tableau de bord. Est-ce bien raisonnable de faire des enfants qui ne voudront jamais quitter l'enfance ?

Sébastien s'assit à la terrasse du Café de la Mairie. L'après-midi d'avril était encore très fraîche, mais de nombreux consommateurs s'étaient installés dehors, buveurs du soleil hésitant. Ah! le sixième arrondissement! Plus que les deux heures de trajet depuis Plainville, c'était tout un voyage mental que Sébastien jugeait délicieux. Lui-même n'avait connu que la Faculté de Caen, agréable, certes, mais peu mythique — et trouvait que Marine avait de la chance de poursuivre ses études en habitant dans ce quartier, entre les éditeurs et la Sorbonne, au cœur de ce qui avait toujours été pour lui le centre du monde civilisé. Il éprouvait une certaine gêne à passer voir Marine chez elle, dans le petit studio qu'elle partageait avec Clément, rue Cassette. Lorsqu'il venait dans la capitale, il préférait de loin lui donner rendez-vous dans un de ces lieux stratégiques où l'essence de Paris semble s'être distillée. Comme toujours, il était très en avance. Bien sûr, l'exposition qui était censée justifier sa visite n'était qu'un prétexte. Il avait envie de venir à Paris. Il avait envie de voir Marine. Mais tout avait mal commencé, ce jour-là. Le voyage en train dont il se faisait une fête — traversée des forêts normandes, surplombée de la vallée du Rouloir, puis insensible progression vers l'idée d'Île-de-France, bords de Seine plaisanciers à Villennes, surprise de voir naître aussi vite la banlieue — s'était soldé par un malaise épouvantable. Coincé contre la fenêtre, Sébastien avait eu tout à coup la sensation d'étouffer, ses jambes s'étaient mises à trembler. Il avait maladroitement bousculé son voisin, s'était rué vers les toilettes, où l'absorption d'un comprimé de Victan l'avait un peu rasséréné, après de longues minutes de panique.

Toujours très bizarre, cette sensation de mort immédiate dont rien ne subsistait quand elle s'était dissipée. À présent il se sentait bien, juste assez flottant pour goûter l'atmosphère. Il avait commandé un diabolo-menthe, s'était plu à regarder la fontaine et les skaters de la place Saint-Sulpice dans les volutes sucreuses du filtre vert levé devant ses yeux. Les tables étaient serrées. À sa gauche, une attachée littéraire tournait les pages de ce qui devait être un premier roman, au côté d'un jeune écrivain dont le front se rembrunissait quand les annotations au crayon à papier se faisaient plus nombreuses. À sa droite, une femme d'un certain âge, élégante, assez jolie, renversait la tête sous les fluets rayons du soleil d'avril en fermant les yeux de bien-être. Chacun restait sur une île, et Sébastien aimait sentir cette bulle d'anonymat qui le changeait des regards et des saluts de Plainville, dont il prétendait pourtant ne pouvoir se passer. Il se surprit à émettre le petit claquement de langue qu'il n'avait pas eu depuis longtemps. Après tout, la vie était plutôt belle. Camille répétait à Lisieux, le festival de Julien avait assez bien marché, et Marine…

Marine arrivait là, à l'autre bout de la place, entre des joueurs de foot, silhouette si gracile avec son petit sac à dos, son tee-shirt et sa longue jupe noire. Sébastien réprima tout juste un geste de salut, se rappelant à temps quelques reproches déjà essuyés, et se contenta de sourire en la regardant s'approcher. Bien sûr, il était fier de sa fille, mais pas parce qu'elle était «brillante», comme on le disait autour de lui. À chaque fois, il maugréait :

— Brillante ! Qu'est-ce que ça veut dire ? On n'est pas sur terre pour briller.

Ce qu'il aimait en Marine, seule Camille pouvait le partager. Toutes ces années d'enfance, ces fous rires, yeux noisette et dents d'écureuil, ces gestes tendres, le casque noir de ses cheveux qui voltigeaient. En la regardant traverser la place Saint-Sulpice, Sébastien ne pouvait s'empêcher de la revoir en train de faire le cochon pendu, dans un square lointain, des vacances en Alsace, quinze ans déjà au moins. Elle l'embrassa furtivement — la contiguïté des chaises n'était pas favorable aux épanchements.

— Alors, c'était bien, tes peintres flamands ?

Sébastien se lança avec une ferveur un peu exagérée dans l'exaltation des ciels de Ruysdael. Depuis quelque temps, cela devenait plus difficile de dire à Marine ce qui lui venait spontanément à l'esprit. À l'évidence, un « J'étais surtout venu pour te voir un peu » eût été maladroit. C'était étrange, ces précautions qu'il fallait prendre dans un échange où tout avait été jusque-là si facile. Mais pour le coup, Sébastien ne regretta pas sa duplicité, car Marine ajoutait déjà :

— Je ne vais pas pouvoir rester longtemps. Il faut que je bosse, le concours approche.

Le thé citron et le chocolat commandés, il y eut quand même un bon silence, un sourire complice, une première gorgée dégustée.

Marine paraissait pâle, assez fatiguée — peut-être le noir du tee-shirt. Sébastien se crut autorisé de demander d'un ton moqueur :

— Tu n'en as pas un peu marre de tout ce boulot, parfois ?

Il n'avait pas à se forcer pour jouer le rôle du père moins sérieux que sa fille. De ses années de fac, il se rappelait surtout le théâtre universitaire, la piste d'athlétisme, les palabres interminables à la cafétéria de Lettres. Mais Marine, après avoir été sans effort excessif une bonne élève de collège, de lycée, paraissait animée depuis deux ans par une ambition universitaire qui effrayait Sébastien. Admissible à H.E.C. après une année à Caen, elle avait voulu « repiquer » dans une grande classe préparatoire parisienne.

— Non, tu sais, sérieusement, ce concours, si on le veut, on ne peut pas penser à autre chose. C'est comme ça !

C'était comme ça. Sébastien émit un petit murmure du type approbatif distancié. Il n'en revenait pas que cela fût comme ça. Que l'on trouve normal de faire perdre à des jeunes gens deux ou trois des plus belles années de leur vie, avec leur accord.

— Ce n'est pas vital à ce point, Marine ! Même si tu n'es reçue que dans une école un peu moins prestigieuse... Jacques Rivière et

Alain-Fournier, quand ils préparaient Normale sup à Lakanal, sortaient presque tous les soirs. Ils ont plusieurs fois raté le concours, mais Rivière est devenu aussitôt après directeur de la N.R.F. et Fournier a écrit *Le Grand Meaulnes*. Je ne t'encourage pas à ne rien faire, mais...

Cette fois, Sébastien était allé un peu trop loin. Marine répondit assez sèchement quant au peu d'admiration qu'elle avait pour les deux personnages évoqués. Mais derrière cette agressivité légèrement factice, Sébastien entendait autre chose, le discours qu'elle ne tenait pas à haute voix, mais qu'il croyait percevoir à travers tous ses faits et gestes depuis quelques mois : si tu crois que je vais me contenter d'un poste de petit prof en province, comme toi. Et puis il y avait une autre irritation informulée : comment un père pouvait-il ne pas être satisfait de cette énergie que sa fille consacrait à ses études ?

Mais c'était ainsi. Trois fois rien au départ, un sujet de plaisanterie — quel sérieux, dis donc, tu m'impressionnes ! — puis peu à peu une fêlure, une interrogation sur le sens à donner à la vie. Après tout, Sébastien ne se sentait plus assez sûr de ses propres choix pour s'ériger en conseilleur — il n'avait jamais souhaité l'être. Mais cette Marine ambitieuse lui semblait si éloignée de celle qu'il avait connue. Tous ces gestes, ces jeux, ces regards, cette tendresse, cette chaleur partagés au fil des années. Il ne pouvait s'être trompé. Pourquoi fallait-il que Marine fût brillante? Il détestait ce mot. Brillante, dure, minérale. Non, ce n'était pas Marine. Et pourquoi vouloir se réaliser à travers un concours dont l'excellence lui semblait vaguement monstrueuse, impersonnelle, si anonyme?

Bien sûr, ils retrouvèrent bientôt un sujet de conversation moins brûlant, se quittèrent bons amis, presque tendrement, au coin de la place. Sébastien regarda sa montre, et se dit avec un peu de mélancolie qu'il avait encore bien du temps pour marcher dans Paris.

— 265.

Après avoir quitté Marine, Sébastien gagna la Seine, un peu au hasard, et longea les quais. Quelques joggeurs, et quelques S.D.F. dans les passages sous les ponts. La rumeur bien trop forte du trafic automobile, mais on s'y habituait, cela donnait au fond du corps une impression d'éloignement, de détachement presque confortable. Et puis, en passant au Champ-de-Mars, ces chiffres immenses éclairés en plein jour au premier étage de la Tour Eiffel :

— 265.

— 265 ! Les automobilistes passaient sans voir. Les joggeurs ne levaient pas la tête. Chacun suivait son propre élan, dans son propre courant. Mais un nombre phosphorescent prétendait rassembler les destins séparés, isolés dans leur course.

Sébastien haussa les épaules. Il trouvait ces chiffres indécents. Dans deux cent soixante-cinq jours, combien d'hommes et de femmes seraient-ils morts du cancer, du sida, d'un accident, seraient morts de vieillesse? Pour tous ceux-là, le compte à rebours prenait une valeur obscène. Ils n'auraient pas tenu jusqu'à la fin du compte, et le message unanimiste, en fixant comme seul horizon le 000 de la fin du centenaire, les bafouait, les balayait. Il faudrait être là. Déjà, Sébastien avait eu l'occasion d'entendre lors de reportages télévisés les réponses des gens interrogés. Que comptez-vous faire pour la fin du millénaire? Souvent pris au dépourvu, on répondait : «Aller marcher avec mon copain sur les quais de la Seine... Rassembler toute la famille, ça serait bien...» ou bien encore «J'espère y arriver... surtout, j'espère que tous ceux que j'aime pourront y arriver...». Mais après ces témoignages hésitants, fragiles, la voix du journaliste reprenait son débit impitoyable pour asséner : «Déjà, toutes les suites du Crillon sont réservées... Plus d'espoir non plus pour une table à la Tour d'Argent...»

L'idée de fête semblait indéfectiblement liée à la préparation de ce passage. Une fête obligatoire, monstrueusement programmée. Deux ans auparavant, Sébastien, pourtant passionné de football, s'était refermé comme une huître en sentant venir le déferlement festif du Mondial 98, au point de se mettre à douter… On l'avait traité de rabat-joie, et cela ne l'avait pas blessé, car il avait trouvé ridicule cette liesse incontournable déferlant sur les Champs-Élysées, pitoyable l'hystérie des gamines arrachant des murs de leur chambre les posters des 2 be 3 et de Leonardo di Caprio pour les remplacer par ceux de Barthez ou de Petit.

Pour l'an 2000, ce serait pire encore. À la fête obligatoire, il faudrait ajouter l'abstraction d'un questionnement qui glaçait à l'avance. Qu'est-ce que la fin d'un millénaire ? En quoi peut-on l'appréhender ? Sébastien s'en sentait pour sa part bien incapable. Il pouvait rêver vaguement sur l'idée de la fin du xxe siècle. Mais quant à l'issue du deuxième millénaire, qui d'ailleurs n'interviendrait en fait que l'année suivante…

Pourtant, avec ces chiffres allumés sur la Tour Eiffel, tout paraissait orienté vers l'instant fatidique. Début, ou fin ? Ni l'un ni l'autre pour la plupart des gens, ni même peut-être dans l'inconscient collectif, comme il fallait dire. Passage, alors ? Mais pourquoi cette année-là, ce jour, cette seconde ? Tous les hommes se ressemblaient, mais pas ensemble.

Il fallait être seul pour inventer le bois de son portique.

Le soir tombait vite. Quand Sébastien atteignit Saint-Lazare, il y avait cette lumière bleue qui donne envie de rester à Paris.

Le train pour Plainville était déjà à quai, mais les lampes n'étaient pas encore allumées. Sébastien se blottit contre un coin-fenêtre, la tempe contre l'appuie-tête. Après Mantes, il savait qu'il n'y aurait plus personne dans le compartiment. Marine, Julien... Deux inquiétudes à l'opposé. Fallait-il se laisser aller à son imagination, sa sensibilité, comme Julien, ou les gommer en apparence, comme Marine ? Pas évident d'avoir vingt ans. Dans les deux cas, cela semblait si difficile de se trouver, soit que la société vous en empêche, soit qu'elle vous engloutisse. Longtemps, Sébastien avait négocié une voie médiane qui lui permettait de pratiquer un métier intéressant tout en goûtant l'écume de la vie. Mais cette sagesse-là devait paraître bien médiocre à Julien comme à Marine. Tant qu'une sensation de bien-être physique et morale l'avait habité, Sébastien ne s'était jamais remis en question. Mais à présent... Le train bringuebalait dans la campagne de moins en moins éclairée. Une légère somnolence engourdissait peu à peu Sébastien. Une

80

espèce de tristesse cotonneuse et douce, irrémédiable comme le ta-dam-ta-dam du wagon
désert.

— Ce qui compte, c'est qu'ils soient heureux là où ils sont!

Camille disait ça, Sébastien l'approuvait. Mais le rythme de la phrase était toujours le même, avec beaucoup de conviction dans la première partie, et cet imperceptible alentissement dans la seconde — à chaque fois, le «là où ils sont» se décomposait comme une fin de vague sur le sable, et l'énergie des premiers mots n'y pouvait rien. Oui, heureux où ils étaient. Mais comment le savoir vraiment? Julien menait une vie si particulière, sur le fil du funambule. Chacun de ses pas était un risque. Il devait y avoir des soirs de profonde mélancolie, pas de public, des traites impayées, le rêve menacé... Marine semblait si décidée, trop peut-être, et dans ce trop pouvait se cacher une fêlure. Quand elle venait à la maison, c'était avec Clément. Dans leur

volonté de «ne pas faire de différences»,
Camille et Sébastien parlaient beaucoup avec
Clément. Et quand ils se retrouvaient le
dimanche soir à dix-huit heures quarante-
cinq, sur le quai de la gare, ils se sentaient un
peu frustrés de ne rien avoir dit d'important
avec Marine.

Souvent, juste avant de reprendre la voiture, Camille et Sébastien avaient un geste
furtif et tendre, brève caresse du dos de la
main sur la joue de l'autre, et surtout pas de
mots.

— Vous verrez, c'est la vie, et c'est bien
comme ça. Il faut apprendre à vivre autrement.

Ils avaient souvent entendu des mots
comme ceux-là. Ce genre de morale positive
les agaçait tous deux de la même manière.
Oui, bien sûr, ils apprendraient à vivre autrement. À mettre dans la vie des petites morts,
des éclats assourdis. Pas de quoi se vanter.

Sébastien ne se sentait pas de réelle velléité créatrice. Autour de lui, on disait pourtant que ses photos vaudraient bien une exposition. Il bougonnait à chaque fois une réponse vaguement affirmative — on verrait, peut-être, un jour, plus tard. Exposition pour quoi, pour qui? Au début, la photo n'avait pas été du tout pour lui un moyen d'expression. Il avait eu vers trente ans la sensation presque physique de vivre les plus belles années de sa vie. À cette époque, il s'était mis à prendre des photos. De Camille, de Julien, de Marine. Des photos noir et blanc, parce qu'il trouvait cela plus beau, plus conforme à une espèce d'esthétique affective. Bien sûr, on n'y voyait pas les petites rues de Paris, les gens prenant le frais sur un trottoir, les loges des concierges, mais il restait quand même dans le noir et blanc l'idée d'un monde à la

Doisneau, à la Ronis, à la Boubat, un monde simple et stable qui prolongeait la propre enfance de Sébastien — la vie était presque la même, à bien y regarder. Camille allongée sur un arbre dans la forêt. Julien et Marine en train de regarder un pigeon-voyageur qui s'était abattu dans le jardin. Beaucoup de portraits, dans les attitudes les plus naturelles, avec le point sur le visage et ce flou tout autour qui semblait détacher du temps les sourires, la gêne, les grimaces, les peurs. Beaucoup d'instants, aussi, en plan américain, juste à distance pour cerner la seconde arrêtée, la scène apprivoisée.

Sébastien n'avait pas conscience de faire de la photo de famille, et d'ailleurs ce n'en était pas. Il y avait à chaque fois dans le moment choisi, dans l'éclairage, un petit quelque chose qui justifiait une photo, au-delà des personnages.

Pourtant, les dernières photos de Julien, de Marine, dataient de leur pré-adolescence. Comme si Sébastien avait détourné son objectif au moment où tout commençait à changer trop vite. Il n'avait pas renoncé à la photo, mais peu à peu s'était mis à rechercher des sujets différents, coin de lavoir, feuille d'arbre, ombre et lumière sur un pan de mur. Ce n'était pas vraiment de l'abstraction. Il y avait derrière chaque image une émotion, une vie possible. Mais ce n'était plus tout à fait la sienne. Quand il développait ses films dans le petit laboratoire qu'il avait installé dans la buanderie, il s'étonnait de voir apparaître lentement dans l'eau du bain des images qui le réconfortaient parce qu'elles avaient un style, qu'elles semblaient venir de lui, sans toucher cependant à ce qu'il possédait de plus fragile — elles ne parlaient plus du bonheur.

Les mots «jardin», «portique» étaient venus cristalliser les préoccupations de Sébastien sans qu'il y prenne garde. Au-delà de la réalité horticole, ils véhiculaient d'indécises connotations philosophiques qui restaient pour lui des plus vagues, liées à quelques heures de cours bien oubliées de terminale.

Un matin, il se surprit dans une librairie à chercher presque malgré lui le rayon philosophie, à feuilleter bientôt un impressionnant volume de neuf cents pages consacré à la philosophie grecque. «Jardin», «Portique» revenaient à plusieurs reprises dans l'index, et Sébastien sortit de la boutique avec le pavé sous le bras. Camille jeta un regard interrogateur et légèrement goguenard sur cet achat inattendu. Sébastien s'étonna lui-même de ne pas oser avouer la raison véritable de cette acquisition, prétendit qu'il voulait «se remettre un peu à la philo », ce que ses goûts intellectuels ne laissaient pas présager. Il faisait bon cet après-midi-là. Rentré chez lui, Sébastien déplia une chaise longue au milieu de l'herbe fraîchement tondue. La couverture du livre de philo était amusante. Les auteurs — à l'évidence grands pontes universitaires — y étaient pris en photo, et le sourire qu'ils adressaient au photographe manifestait à la fois l'ironie qu'ils croyaient devoir adresser à cette starification dérisoire mais en même temps, dans une espèce de troisième degré presque palpable, la satisfaction bien réelle qu'ils avaient à se montrer, plus jeunes et plus beaux que les étudiants ne devaient imaginer les grands spécialistes de la philosophie grecque — et l'originalité, la recherche de leur pose et de leur habillement, écharpe festonnée, veste sur l'épaule, main sur la hanche, jabot soyeux, avaient quelque chose de ridicule et de touchant. Sébastien songea aussitôt à l'expression du docteur Cottard à qui « on voyait opposer aux passants, aux voitures, aux événements un malicieux sourire qui ôtait d'avance à son attitude toute impropriété, puisqu'il prouvait, si elle n'était pas de mise, qu'il le savait bien, et que s'il avait adopté celle-là, c'était par plaisanterie ». Mais il ne s'agissait plus de Proust.

Sébastien tourna sans ménagement les pages dévolues aux Socratiques, à Platon, à Aristote. Toutes les références aux mots «Jardin» et «Portique» se trouvaient rassemblées dans les deux chapitres consacrés à Épicure et aux Stoïciens.

Épicurien... Sébastien avait souvent entendu cet adjectif associé à sa personne — ah! Sébastien, c'est un Épicurien! — et il y avait perçu ce que les autres voulaient sans doute y mettre : de la gourmandise, une certaine aptitude à savourer les choses, et à se contenter de ce que la vie vous donnait. Sur ce dernier point toutefois, il avait toujours senti un léger hiatus : il se contentait de ce que la vie lui donnait dans la mesure où il trouvait que la vie lui donnait beaucoup. Mais il fut cependant surpris en engageant sa lecture de voir à quel point il se trouvait éloigné des théories d'Épicure. Ainsi se reconnut-il bien peu dans «l'être bienheureux et indestructible» évoqué par la première des doctrines maîtresses rassemblées sous le nom de Tetrapharmakon, et moins encore dans la seconde maxime :

«La mort n'est rien qui nous concerne ; car ce qui est dissous n'a aucune sensation, et ce qui n'a aucune sensation n'est rien qui nous concerne.»

Pour ce qui était de sa propre mort, Sébastien ne pouvait se targuer d'une aussi belle indifférence. D'une façon ou d'une autre, les malaises qui le saisissaient étaient sinon causés du moins amplifiés par une angoisse, une crispation qui traduisaient son désir panique de rester en vie. Et puis tout ce qu'il lisait sur le jardin d'Épicure lui paraissait bien systématique. Sébastien trouvait légèrement obscène que le bonheur fût l'objet d'une attitude morale raisonnée. Il voyait bien ce que cette doctrine aurait pu avoir de pacifiant pour lui s'il l'avait épousée. Mais il ne pouvait se défendre de l'idée que le bonheur était avant tout une chance — et s'il s'était toujours senti le besoin de la nommer quand elle venait à passer, il trouvait intolérable de la voir érigée en physique, en éthique…

Pour un peu, les théories des Épicuriens lui apparaissaient aussi insupportables que celles de son voisin Duchatel. Chaque fois que quelqu'un était malade, ce dernier y voyait la faute du souffrant, qui buvait trop, ou bien qui fumait trop, ou qui travaillait trop, qui avait trop de stress… La lecture des pages consacrées à Épicure commençait à chauffer le poil de Sébastien, et plus encore l'idée qu'on pouvait le penser Épicurien.

Le chapitre sur les Stoïciens, en dépit de l'austérité du mot, commençait mieux. On y disait notamment que les disciples de Zénon, à la différence des élèves d'Épicure, ne s'étaient pas appelés les Zénoniens, du nom de leur maître, mais, plus démocratiquement «les gens du Portique», en fonction du lieu où se déroulaient leurs entretiens. Par ailleurs, la fin suprême était définie par Zénon dans une formule assez énigmatique, «vivre en accord», qui laissa Sébastien désemparé. S'il s'agissait seulement de vivre en accord avec une morale, avec la vertu prônée par les Stoïciens — et apparemment l'obéissance à cette vertu constituait pour eux la seule source possible du bonheur — Sébastien eût été rassuré. Mais il ne pouvait s'empêcher de donner un autre sens à cette expression. «Vivre en accord», cela lui semblait la définition de cet état serein qu'il avait toujours ressenti jusque-là : vivre en accord avec le monde, avec les choses et les créatures du monde, se sentir fait pour habiter la terre, avec une espèce d'acquiescement tranquille et voluptueux de tout l'être. Et voilà que «vivre en accord» lui était précisément devenu impossible. À en croire les théories des Stoïciens, la responsabilité lui en incombait sans doute. Mais s'il se sentait résolu à adopter des dispositions morales et intellectuelles nouvelles pour lui — Sébastien avait toujours été changeant dans le domaine des idées, qui l'attiraient tour à tour comme on peut préférer un jour un sorbet à la mangue à un mille-feuilles — il sentait aussi en lui un mal-être physique dont il doutait fort que l'adhésion au raisonnement stoïcien suffise à le libérer.

Ainsi Sébastien se trouvait-il un peu écartelé dans sa chaise longue. À l'évidence, quelque chose en lui allait vers le Portique. Il sourit rétrospectivement du lapsus qu'il avait commis en appelant portique cette pergola qu'il avait voulu construire au centre du jardin. En même temps, il ne pouvait s'empêcher de penser que le hasard n'était pour rien dans cette erreur. De même, les atermoiements du pépiniériste, la perversion suspecte avec laquelle il avait différé la livraison des piquets avaient à l'évidence une valeur symbolique. S'agissait-il de repousser le Stoïcisme, ou au contraire de fortifier le sens de la démarche en l'éprouvant par des obstacles ? Par ailleurs, s'il trouvait absurde le volontarisme des Épicuriens, leur obstination à être heureux coûte que coûte, Sébastien ne pouvait s'empêcher de songer qu'il avait vécu les heures les plus claires de sa vie — fallait-il en parler au passé, déjà ? — du côté du jardin, du côté d'Épicure. Près de la chaise longue, le lilas blanc s'épanouissait, mais une des branches maîtresses était pourrie, il faudrait la couper après la floraison. Sébastien soupira. Il avait voulu l'impossible. Installer le portique au centre du jardin.

Au-delà du portique, l'herbe poussait en liberté. À la fin de la saison, Sébastien la faisait faucher. Le terrain était trop grand pour le temps et l'énergie qu'il pensait pouvoir consacrer au jardinage. La maison était une ancienne ferme. Souvent, les habitants du bourg lui disaient :

— Quand j'étais p'tit, j'allais chercher le lait chez vous !

Au bout du pré, il y avait encore trois granges contiguës, remises à foin, abri pour les clapiers, les poulaillers. Camille et Sébastien avaient été séduits par l'ampleur de cet espace, de ces dépendances, surpris aussi que le prix de la maison n'en soit pas majoré davantage. Mais ils avaient vite compris que, sans aide extérieure, il est difficile d'habiter réellement ce genre de territoire.

Et voilà qu'il était temps de penser à cet

ailleurs qui commençait au-delà du portique. Sébastien ne voyait pas trop quel parti il pourrait tirer des trois granges, bourrées pour l'instant de matelas éventrés, chaises dépareillées, vélos rouillés. Mais pour les herbes hautes, l'idée lui vint de tracer une allée dans l'alignement du portique. Une allée à l'anglaise, pas plus de trois mètres de largeur, au milieu de toutes ces tiges qui montaient presque à hauteur d'homme. Il avait déjà vu cela dans des jardins en Angleterre, des magazines, des albums. À chaque fois, l'effet était saisissant. L'allée dessinée semblait multiplier l'idée de liberté par celle de civilisation. De part et d'autre d'une allée tondue, les herbes hautes n'étaient plus désordre, abandon, mais goût marqué pour la nonchalance, l'épanouissement. En même temps, le mince sillon d'herbe courte témoignait d'une mainmise sur la réalité — si l'on se laissait déborder, c'était sur les côtés, pour le plaisir, et pour le style ; mais on manifestait en même temps une rigueur axiale qui donnait tout son prix au principe désormais maîtrisé de déferlement végétal.

Sébastien ressentit une volupté particulière à faire vibrer la tondeuse pour cet exercice des plus brefs eu égard à ses conséquences. En quelques passages répétés, Gaby eut tôt fait de tailler une voie de civilisation libertaire au centre du pré. Sans bien se l'expliquer, il sentit que c'était important. L'allée menait quelque part, au-delà du portique. Mais comptait aussi ce foisonnement latéral préservé qu'on effleurait de la main au passage. L'idée de jardin reposait tout entière dans cet équilibre entre le peu qu'on coupe, qu'on dessine, et tout le reste qui vous mène, et que l'on fait semblant d'apprivoiser.

Pour toutes les fleurs, il y avait un choix à faire entre les trop classiques et les trop rares, les trop françaises, les trop anglaises, les trop sauvages et les trop policées. Camille battait la campagne pour acheter chez des horticulteurs très snobs, d'un écologisme que Sébastien trouvait décadent, des variétés de roses britanniques proches de l'aubépine, des géraniums rampants mauve bleuté qui n'avaient pas grand-chose à voir avec les pompons rouges des bacs à fleurs. Camille et Sébastien aimaient aussi les pompons rouges sur l'appui des fenêtres, surtout depuis que la vigne vierge consentait à grimper à l'assaut des murs. Sébastien avait quand même un penchant marqué pour les roses un peu kitsch, les trop épanouies, les jaunes-tailleur mémère, les rouges-baiser fatal, les blanches-bal des débutantes. Il en avait rapporté tout un lot en promotion chez Leclerc, et devant les moqueries de Camille s'était obstiné à trouver dans leur candide exubérance un charme de plus.

— Tu peux dire ce que tu veux, mais elles ont l'air d'avoir une histoire, on a envie de les consoler à l'avance.

— Ah! oui, encore ton apologie du mauvais goût!

Camille avait raison. Avec un peu d'outrance et de provocation, Sébastien aimait pratiquer des entailles dans un code culturel qui l'exaspérait. Il ne détestait pas le milieu prof, dont il faisait partie, ce mélange auquel il tenait de relative simplicité sociale et de non moins relative élévation intellectuelle. Mais il y avait — comme dans tous les milieux sans doute — un prêt-à-penser, un politiquement correct qui le faisaient parfois fulminer. Par bravade, il aimait bien dire à la cantine qu'il ne trouvait pas toujours Raymond Devos génial, et qu'il n'était pas systématiquement plié de rire à l'écoute des chansons de Bobby Lapointe. Même surprise et même désapprobation glacée quand il osait affirmer que *Le Roi de cœur* de Philippe de Broca lui paraissait supérieur aux films d'Éric Rohmer. À vrai dire, ses collègues ne comprenaient même pas comment la respiration de Sébastien devenait alors plus difficile, ses yeux fiévreux, son teint plus rouge. On lui trouvait simplement des goûts inattendus, sans trop savoir pourquoi il les exprimait avec une si soudaine véhémence. Mais Sébastien partait en guerre dans ces moments-là. N'importe quel avis, fût-il de mauvaise foi, devenait bon pour attaquer le bon goût, la pensée juste, les certitudes critiques du milieu auquel il appartenait.

Avec un peu plus d'humilité, et davantage de maladresse encore, il essayait de transposer à présent au monde du jardin cette attitude mentale qu'il espérait réfractaire, et que Camille trouvait seulement spécieuse.

Mais ils se rejoignaient sur les roses trémières, qui mariaient à l'extrême le raffinement et la rusticité. Comment de pareilles feuilles de chou, envahissantes, rêches, si vite boursouflées, rouillées, pouvaient-elles se mêler à des fleurs aussi fragiles, pétales de papier crépon, couleurs si délicatement nuancées, rose à peine rosé, rouge à peine cerise? Et puis les roses trémières s'installaient partout, à la va-comme-je-te-pousse, dans presque pas de terre, devant les murs, tout contre les fenêtres. De l'intérieur de la maison, on les voyait pencher la tête en premier plan et donner leur tonalité de grande fille simple et fraîche à l'idée de dehors — le téléphone était posé sur l'appui d'une fenêtre, et Sébastien regardait Camille accroupie parler au monde à l'abri des roses trémières. On les appelait aussi passeroses, et il faudrait tant les attendre, cette année. Arriverait-on jamais à la fin de l'été ?

Sébastien s'assit en tailleur devant la commode aux vidéocassettes. C'était fou ce qu'ils avaient engrangé là, depuis deux ans. Toutes ces émissions intéressantes mais tardives, tous ces films aussi. Parmi eux, Sébastien avait jalousement gardé *Le Guépard*, de Visconti. Il l'avait vu trop jeune, quinze ans peut-être, et se rappelait seulement la silhouette irrésistible de Tancrède-Alain Delon, dévalant des escaliers, jouant avec les chiens, et jetant avec une légèreté cruelle des adieux qui faisaient pleurer les jeunes filles. Il y avait aussi un bal interminable, les bandeaux impeccables de Claudia Cardinale, sa peau si mate.

Sébastien glissa la cassette dans le magnétoscope. Il pleuvait, ce jeudi-là, on était loin de l'Italie, et tout de suite Sébastien pensa qu'en fait il n'avait pas vu le film. Le sujet, bien sûr, c'était la fin de la noblesse qui allait de pair avec la mort pour le Prince Salinas. C'était un peu manichéen, mais avec tout le souffle désirable, sur fond de vignes et de palais à l'italienne. Un monde qui change, un autre qui s'achève. Et ce personnage fraternel et distant, dont Burt Lancaster avait largement la carrure, et en tout cas les favoris — ah! cette scène matinale où l'on sent presque la mousse à raser tandis qu'il fait courir la lame sur sa peau; et le curé attend en vain la confession d'une fredaine dérisoire! Et puis le soir qui vient, et cette façon dont le Prince Salinas s'adresse à Dieu sous les étoiles, avant de pencher vers la mort.

Oui, c'était beau, et Sébastien se surprit à l'envier. Les princes mouraient-ils ainsi, au XIXe? Sébastien en doutait un peu. Il savait en tout cas qu'il ne connaîtrait pas ce sentiment d'abandonner un monde finissant. À la fin du XXe, l'alternance des régimes politiques avait fini de démontrer son absence d'enjeu. Non, pas de monde qui finit. Un monde qui continue, tant bien que mal, et l'homme qui ne changeait guère depuis les philosophes grecs, apparemment. Mais seul. Pouvait-on finir seul, plonger dans la grandeur vers la nuit?

Sébastien se sentait si loin du Prince Salinas. Les choses ne lui viendraient pas ainsi. Il y avait sur sa route cette saison qui s'annonçait de trouble, d'inquiétude et de fragilité. En verrait-il la fin ? Il en sortirait de toute façon changé, diminué, incapable de se connaître, de se nommer, et de tutoyer Dieu sous les étoiles. Il aurait voulu se sentir entier, monolithique, et se trouvait si dispersé, inconsistant. Il relirait *Le Guépard*, le roman de Lampedusa, qui l'attendait dans la bibliothèque, couverture blanche encadrée de vert. Un bon roman sans doute ? Un très bon film. Mais un roman. Un film.

— Comment ça va, le fonctionnaire ? Vous nous préparez bien une petite grève ?

Sébastien aimait bien Jean-Christophe, le mari de sa sœur Isabelle. Ils ne se rencontraient plus très souvent, presque toujours à l'occasion de fêtes familiales. Chaque fois, Jean-Christophe parsemait sa conversation des mêmes sarcasmes, qui avaient fini, au fil des années, par prendre cet aspect presque affectueux des rites d'insolence obligatoire :

— T'en as des belles pompes ! En promo à la Camif ?

Il y avait aussi l'incontournable :

— Bientôt les vacances ? Avec vous, c'est toujours bientôt !

Sébastien souriait :

— Allez, mon p'tit vieux, défoule-toi ! On sait c'que c'est. Les ondes du portable et du

Microsoft, ça bouffe le foie. Faut éviter l'ul-
cère.

Et en servant l'apéritif, il chantonnait avec
un petit air distrait :

> « Tu la voyais pas comme ça ta vie
> Pas d'attaché-case quand t'étais p'tit
> Ton corps enfermé costume crétin
> T'imaginais pas j'sais bien... »

Un petit jeu de ping-pong plutôt roboratif,
et qui ne tirait pas à conséquence. Ou plutôt
si. Chaque fois qu'il voyait Jean-Christophe,
cadre à l'U.A.P., brillante carrière, Sébastien
se félicitait de ses propres choix.

Mais ce dimanche-là, Sébastien regarda
son beau-frère autrement. Ils avaient décidé
de se voir sans les enfants — cela devenait si
difficile de rassembler tout le monde. Après
le repas, Camille et Isabelle étaient sorties
dans le jardin pour faire le tour des pousses
neuves. Sébastien avait sorti un vieux calva
que Jean-Christophe faisait danser intermi-
nablement au fond du verre bombé. Sans
doute devait-il trouver que les circonstances
— complicité virile, absorption de diverses
boissons alcoolisées en quantité conséquente
— favorisaient des épanchements qui ne pas-
seraient pas pour de la faiblesse.

— Non, tu sais, je te chambre souvent,
mais en fait je sais bien que c'est toi qui as

raison. Il y a tellement de choses que je voudrais faire. Reprendre le piano... Même pas le temps de faire du footing... C'est nul.

Sébastien aurait dû éprouver une certaine satisfaction de voir Jean-Christophe reconnaître ainsi ce qu'il pensait pour sa part depuis de longues années. Mais cet aveu humide — le calva, bien sûr, mais aussi une vague humeur aqueuse que la sincérité dominicale faisait naître dans l'œil de son beau-frère — ne lui causa aucun plaisir.

Manque de temps : cette confession ne lui apparaissait plus comme la reconnaissance d'une faiblesse, mais comme la marque différée d'une supériorité. Oui, Sébastien aimait à répéter la phrase de Guillevic — «On ne possède rien jamais qu'un peu de temps» — oui, il avait poussé le vice jusqu'à prendre certaines années un temps partiel l'Éducation nationale autorisait ces pourcentages compliqués, 15/18e, 16/18e, sans autre justification valable que son désir d'aller aux champignons, de relire Proust à l'heure de la sieste, de partir pour Honfleur en plein après-midi. Les études de Marine, les besoins de Julien et le mi-temps de Camille ne lui permettaient plus d'afficher ce genre de désinvolture, mais il incarnait quand même dans la famille le choix du temps contre l'argent.

Il lui restait du temps. Mais, depuis quelques mois, ce temps gratuit, naguère savouré, devenait un temps pour être mal et pour s'interroger. Un temps à ne trop savoir quoi en faire. Un temps pour redouter le temps. À l'inverse, le manque de Jean-Christophe lui paraissait tout à coup enviable : sa vie pleine aurait pu l'être plus encore, la matière était infinie, seule la quantité de creux faisait défaut pour épouser le plein, la densité d'une existence intarissable. Pour la première fois, Sébastien se sentait pauvre de sa richesse. Il avala le vieux calva cul sec.

Le printemps normand n'est pas une saison. Seulement un passage, dont l'évidence
n'est pas toujours facile à décrypter, entre
l'hiver souvent tiédasse, l'été récalcitrant.
Quelques beaux jours en mars, ou au début
d'avril. Ensuite, mai, juin peuvent très bien
n'être que grisaille et vent. Quelques années
passées dans les vallées du pays d'Ouche —
même sans jeu de mots, le mot est par lui
même assez symptomatique d'une humidité
confite en replis sourds — suffisent à délivrer
le mode d'emploi : il faut profiter au plus vite
de ces journées-clairières, laisser ostensible-
ment manteaux et parapluies sur les patères et
arpenter les chemins, libre, en pull-over, parfois même en chemise, manches retroussées.
Jamais comme cette année-là Sébastien ne
ressentit l'appel d'avril. Il y avait tout à boire
dehors, à respirer, durant ces deux semaines

de vacances touchées par une grâce inespérée. Pourtant, cette impalpable odeur de talc qui s'épanouit au long des jardins, des haies vives ne l'apaisait plus. C'était plutôt comme une brûlure, une flamme trop vive qui l'étourdissait. Il découvrait intensément son bien-être passé en se sentant traversé par des ondes étrangères. Il ne pouvait que désirer le beau temps, mais le beau temps lui-même était une agression.

Un après-midi, il éprouva le besoin de partir marcher, presque au hasard, un peu plus loin qu'à l'habitude. Il abandonna sa voiture bien après la forêt de Plainville, sur le plateau, à la sortie d'un hameau minuscule. Il longea quelques maisons de Parisiens, fermées en ce début de semaine. Sous le soleil l'odeur était là, cette odeur blanche, presque farineuse, dont on ne sait jamais très bien si elle vient des haies de troènes, des carottes sauvages, au creux du fossé. La petite route à gauche après l'église était bientôt mangée par l'herbe, et Sébastien ne se souvenait pas d'être jamais venu là. L'odeur blanche pénétrait en lui, poussée par le vent vif, et il la trouvait à la fois désirable et douloureuse, comme un alcool trop fort. Bientôt il atteignit une lisière, un bois de charmille encore presque nue, mais peu à peu cela s'épanouissait en presque forêt.

Sous les bouleaux, un chemin creux s'ouvrait, plongeait sans doute vers la Vieure. Sébastien l'emprunta presque malgré lui, attiré par ce cercle de lumière indécis, là-bas, entre les branches. Il ne sembla même pas surpris de retrouver sur sa gauche, dans un repli de la pente, cette image improbable : la chapelle abandonnée !

La chapelle… Presque un mythe, à usage très intime, entre Camille et lui. Un jour de balade hivernale un peu triste où ils s'étaient disputés, plus de vingt ans auparavant, ils avaient découvert cette chapelle à moitié dé-molie, mangée de lierre. C'était juste avant la naissance de Julien. À l'époque, ils se prome-naient au hasard des routes, des chemins, des villages, sans trop retenir les noms. Retrouver la chapelle, mais surtout sans la chercher : au fil des ans, c'était devenu un improbable enjeu, une gageure — parfois, ils se deman-daient même s'ils ne l'avaient pas rêvée. Et voilà qu'elle surgissait ainsi, dans la lumière pâle d'avril, plus de vingt ans après !

Pourquoi était-ce aussi extraordinaire et décevant ? Sébastien le sentit aussitôt : cette fois-ci, il ne pourrait pas oublier le nom du hameau proche, la route après l'église, les bouleaux. Il songea d'abord à la victoire que ce serait d'annoncer la nouvelle à Camille, de savoir la ramener à la chapelle abandonnée. Mais bien sûr, ce serait beaucoup trop facile, tout à coup. Pour un peu, en questionnant autour d'eux, ils pourraient même apprendre le nom de la chapelle, son histoire, quelque légende colportée.

Sous les branches, on ne sentait plus passer le vent, mais la brûlure blanche demeurait au creux de la poitrine. Sébastien pénétra dans les ruines, effleura du bout des doigts la pierre blanche qui s'effritait. À travers les ogives, la brume vert pâle des premières pousses tremblait dans la lumière douce de l'après-midi. Sébastien alla s'asseoir sur une souche, en contrebas, resta longtemps dans ces parages d'un ailleurs soudain voué à l'évidence. Déjà, il savait bien qu'il n'en parlerait pas à Camille. Pourquoi retrouve-t-on trop tôt les chapelles abandonnées ?

L'éloignement de Julien, de Marine, avait aussi des avantages. Sébastien retrouvait avec Camille une complicité lointaine qui les rajeunissait. Ils s'étaient toujours dit : « Plus tard, on partira comme ça, au hasard, n'importe où en France, dans un petit hôtel de village, on s'arrêtera quelques jours, on fera de la musique, des balades à pied, on bouquinera. » Ils ne se précipitaient pas pour hâter ce plus tard, mais l'idée devenait frôleuse, rafraîchissante. C'était bon de lancer de temps en temps des « Tiens, pourquoi pas cet été, on pourrait... » Oui, tiens, on pourrait. En attendant, ils se payaient le luxe désormais très abordable de bousculer le présent, de partir en forêt à l'heure de midi, d'aller piqueniquer un autre jour au bord de la rivière. Ils aimaient bien se taire ensemble, et les conversations des autres leur paraissaient étonnamment fébriles. Camille et Sébastien avaient leurs moments privilégiés pour se parler de choses graves. En voiture, souvent — le parallélisme et le sens de la route favorisaient les révélations délicates, les projets esquissés. Après l'amour, dans la fatigue douce où ils se sentaient forts — où était donc l'animal triste ? Mais ils pouvaient marcher longtemps sans échanger une parole, s'asseoir au bord de la Vieure et regarder l'eau couler dans le presque silence « Tiens, tu as vu, des canards sauvages ! » et rien avant, et rien après. Quelquefois un « ça fait un peu drôle d'être là tous les deux », mais le silence le disait aussi.

En revenant, ils commençaient à se parler à petits coups. Camille était heureuse de pouvoir jouer comme elle avait toujours rêvé de le faire.

— En même temps, je me dis que c'est un peu tard.

Et devant la moue interrogative de Sébastien :

— Bien sûr, on ne rêve pas de devenir un groupe-phare de la musique baroque ! On sait bien que c'est impossible, avec une structure comme la nôtre, les contraintes professionnelles… Mais en même temps, il y a un désir de progresser vraiment qui fait du bien.

Elle mâchonnait une herbe longue dans le

chemin creux, boueux, qui les ramenait à la voiture, sous les noisetiers.

— Stéphane travaille le chant à Paris toutes les semaines. Claire a vraiment eu de la chance de rencontrer ce prof de luth au conservatoire. Patrice a toujours eu un excellent niveau en flûte à bec. Mais à présent, il se met au cromorne... On a le sentiment d'avancer, peu importe où l'on va, et ça faisait tellement longtemps que je n'avais pas éprouvé ça.

Et comme Sébastien continuait à garder l'air songeur et à se taire, elle ajoutait :

— Je suis très heureuse de ne plus enseigner qu'à mi-temps. D'abord, vouloir faire faire de la musique aux gosses avec une heure par semaine, c'est ridicule. Ceux qui en tirent vraiment quelque chose, c'est presque toujours les enfants de bourgeois ou d'enseignants qui pratiquent un instrument en dehors. Et puis moi je ne suis pas très douée pour la pédagogie, je crois. J'aime jouer. Mais apprendre aux autres... Non, je n'ai pas le don pour ça...

Sébastien sentait que les paroles de Camille devaient se détacher de lui, céder la place à ce geste des deux mains sur la nuque remontant son chignon, une barrette entre les lèvres. Elle avait une de ces robes-tabliers à la Laura Ashley qui lui allaient bien, au-delà des modes. Il faisait un peu froid pour un pique-nique et c'était bon de l'avoir fait. Entre les branches de noisetiers, la lumière de midi pleuvait gris-bleu, presque embrumée encore. Sébastien sortit son Opinel de sa poche et se coupa une canne.

— Ça fait longtemps que je n'ai rien sculpté.

Oui, c'était bien d'avoir un alibi pour sortir de sa poche l'Opinel qui n'avait d'autre rôle que de rappeler l'enfance et de couper le pied des cèpes. Sébastien aimait de temps à autre sculpter une canne, dessiner dans l'écorce le prénom d'un enfant — le cadeau était toujours apprécié, installait une connivence affectueuse. Mais là, il avait envie de se tailler une canne pour lui, un peu pour se rassurer, pour pouvoir se dire qu'en dépit des troubles et des vertiges ses mains ne tremblaient pas.

Le lendemain matin, il s'installa sur un banc devant la maison, engoncé dans un gros pull-over à col roulé blanc — il ne faisait vraiment pas chaud. Il commença à tracer sur la branche de noisetier les mots « jardin » d'un côté, « portique » de l'autre. Il fallait pratiquer d'infimes incisions — l'écorce était friable, et plus d'une fois il dut élargir l'échancrure d'une lettre, gratter un peu de vert sous le marron. Mais dans l'ensemble, cela venait bien. L'application minutieuse, obstinée, avait quelque chose de réconfortant. Sébastien se disait qu'il n'aurait peut-être jamais connu de malaises s'il avait pratiqué un métier manuel. Mais y avait-il encore des métiers purement manuels ? Le sien ne l'était guère, en tout cas, et supposait une dépense d'énergie nerveuse dont peu de gens connaissaient l'ampleur. Tout en dessinant les lettres sur sa canne, Sébastien sentait revenir en lui une petite phrase de Camille : « Je ne suis pas très douée pour la pédagogie. » Il ne l'avait pas interrompue la veille, mais cette phrase était entrée en lui.

Il n'avait pas, comme Camille, une autre passion qui reléguât son emploi d'enseignant au rôle de gagne-pain. Même encore à présent, il ne pouvait détacher son métier de sa vie. Pourtant, lui non plus ne s'était jamais considéré comme un pédagogue. La transmission de connaissances n'était pas son but essentiel. Donner envie de lire, envie d'écrire, cela supposait un investissement d'un ordre différent, cela touchait à une part tellement fragile et précieuse de l'individu que les méthodes ne voulaient plus rien dire. Pour les élèves comme pour le prof, l'enjeu était le même : il s'agissait d'être quelqu'un, et d'être soi.

Dans ses premières années d'enseignement, au milieu des années soixante-dix, Sébastien avait connu le privilège d'être le jeune prof de français un peu baba-cool qui apporte sa guitare en cours. Rien de très original, mais le fait d'expliquer en classe des textes de chanson suffisait à donner une image, complétée par l'animation du club théâtre et du club foot. Pour le reste, Sébastien avait toujours eu le sentiment de se donner en pâture aux enfants de sixième, aux adolescents de troisième, et à ces êtres fragiles, difficiles à appréhender, qui passaient de l'enfance à l'adolescence, entre cinquième et quatrième. Le collège était un bon endroit pour ça. Il n'y avait pas la distance qui s'installe entre le prof et les élèves, à l'âge du lycée. Il n'y avait pas les fourches caudines du bac. Au collège, quand on s'était débarrassé de son comptant d'orthographe, de grammaire, il restait un bel espace de liberté. Sébastien l'avait rempli avec des engouements littéraires, des confrontations d'idées, des tentatives pour décrypter le monde, des sensations personnelles affichées. Au début, le sentiment de jouer un rôle demeurait encore, dans le simple fait de mener la parole. Mais au fil des années, il n'avait plus eu l'impression d'être en classe un autre que lui. Il sentait que cela marchait. Plus il s'engageait en livrant des réflexions, des atmosphères, des perceptions singulières, plus les élèves avaient envie de dire, d'écrire les leurs. Ses dix-huit heures de cours lui donnaient par ailleurs, malgré les corrections, les préparations, le temps de lire, d'aller au cinéma, au théâtre, de regarder la télévision, de se construire une culture renouvelée à partager avec les autres.

Et voilà que les textes officiels venaient depuis trois ans menacer cette façon d'être prof de lettres. L'inspection exigeait désormais un travail par séquences. Chacune d'elles devait durer de cinq à sept semaines. On n'y distinguait plus les différentes rubriques du français où chacun des élèves pouvait espérer trouver un point fort qui le mette en confiance pour aborder les autres. Tout était mélangé dans un verbiage prétentieux, où les termes de locuteur, de destinataire, de connecteur temporel, de grammaire de texte opposée à la grammaire de phrase (!) étaient censés aider les élèves en difficulté. Et quelle motivation pour pénétrer dans un texte que de devoir y chasser le complément d'objet !

Mais le pire était dans le choix des textes imposés. Ainsi les petits élèves de sixième, si doués pour la poésie, le théâtre, étaient-ils condamnés à pratiquer durant de longues semaines les «textes fondateurs». Passe encore pour *L'Odyssée*, mais les traductions de *L'Énéide* ou de l'Ancien Testament avaient de quoi faire bâiller les plus dynamiques. Il fallait aussi réserver une séquence au conte, pourquoi pas? Le but était que les élèves parviennent à écrire en fin de cycle leur propre conte. Mais avec quelles contraintes! Il fallait respecter une succession de critères : une situation initiale, une mission à effectuer, un obstacle, un adjuvant (oui, c'était le nom donné à la personne qui devait aider le héros). À vos ordres mon adjuvant!

Tout ce saucissonnage bureaucratique donnait la nausée à Sébastien. Il y avait, derrière l'astreinte des méthodes, une volonté mal déguisée de tuer la liberté, l'imagination, la sensibilité. Sans même s'en apercevoir, Sébastien avait connu un âge d'or, où le français pouvait être la vie. Et voilà que le français devenait une matière, lourdement normalisée, aseptisée, banalisée. L'ennui, qui touchait depuis longtemps déjà les épreuves du baccalauréat, gagnait à présent l'espace du collège.

Sébastien soupira. Il était en train de rater le R du mot «portique», et la pointe de son couteau avait creusé l'écorce à côté du jambage de droite. Il ne fallait pas trop penser à tout cela, il le savait bien. Mais dans la tranquillité de ce matin de vacances, il voyait se dessiner avec une netteté terrifiante la nouvelle image de ce métier qu'il avait eu jusqu'alors le privilège de ne pas séparer de sa vie. Eh bien tant pis pour l'Inspecteur, ou bien tant pis pour lui. Il défendrait ses convictions. Il attaqua le «T» avec une vigueur fiévreuse.

Que faire avec les troisième C, le jour de son inspection ? Une explication de texte sans doute — Sébastien n'envisageait pas de se faire juger sur un cours de grammaire adapté aux nouvelles questions du brevet des collèges. Un instant, l'idée le tenta d'utiliser la petite salle de théâtre qu'il avait réclamée à cor et à cri pendant vingt ans pour effectuer une mise en scène. Mais les adolescents risquaient fort de se trouver gênés par la présence de l'inspecteur. Alors, l'explication d'une chanson, pourquoi pas ? Et s'il se contentait de réagir simplement à un de ces «billets d'humeur» qu'il demandait aux élèves de proposer, et qui rebondissaient souvent dans un dialogue intéressant, mais parfois difficile à contrôler ?

Il pleuvait ce matin-là, une petite pluie douce qui interdisait tout travail au jardin.

Camille répétait chez Claire. Sébastien avait promis qu'il s'occuperait du déjeuner, et envisageait une moussaka qui apparaîtrait sans doute comme un bel exploit. En attendant, il s'en voulait un peu de ce souci presque infantile. Après ce qu'il avait toujours dit et pensé sur la valeur des inspections, se trouver ainsi piégé ! Mais il n'y pouvait rien. Une part de lui allait être jugée, et il savait que ce verdict tomberait mal. Il redoutait physiquement la tension qui habiterait son cours, et plus encore l'entretien qui suivrait. Il déambulait dans la maison vide, retournant sans cesse le problème sous tous les angles, tout en se disant qu'il ferait bien mieux d'aller acheter des aubergines et de la viande hachée.

D'habitude, il ne pénétrait jamais dans les chambres de Marine et de Julien en leur absence. Ce n'était pas un dogme, mais il n'avait rien à faire dans les deux chambres contiguës, au premier étage, petites cabines de bateau carénées sous les poutres. Très rarement, les soirs d'insomnie, il enjambait le fabuleux bazar que Julien laissait traîner sur le plancher pour aller prendre un Gaston ou un Le Chat dans son armoire. Pour le reste, c'était chez eux, une espèce de monde virtuel qu'ils habitaient souvent encore en fin de semaine, et qu'une règle non écrite obligeait à laisser rigoureusement «dans l'état», quitte à passer l'aspirateur avec parcimonie, entre les obstacles.

Mais les inquiétudes pédagogiques de Sébastien le surprirent assis sur un coin du lit de Julien, dont la couette évoquait les aventures de Tintin. Il n'y pensa pas d'abord. L'album Panini Championnat de France de football 1988-1989 qui traînait à ses pieds semblait moins proposer un choix entre Paris-Saint-Germain-R.T.L. et Laval-Camembert Président qu'un dilemme entre mise en scène et discussion d'un sujet d'actualité. Sébastien allait se relever pour continuer ses investigations intérieures, quand son regard accrocha l'otarie en plâtre, sur la cheminée. Elle était toujours là! Un grand sourire lui monta aux lèvres. Difficile d'imaginer un objet plus kitsch. Une otarie peinte en doré, de quatre-vingts centimètres de hauteur — autant dire une otarie en or! La première fois que Julien avait eu le droit d'aller tout seul à la kermesse de l'école, il avait gagné ce fabuleux trésor, et l'avait rapporté avec un hiératisme de roi-mage, à petits pas précautionneux, l'oreille gauche en feu. Juste à côté, le bocal plein de billes était resté, lui aussi. Sébastien retrouvait les noms : les calots Galaxy, fond de ciel noir et poussières d'étoiles; les billes gouttes d'eau, toutes pures et transparentes, d'un vert un peu plus pâle que celui des bouteilles ; les américaines, fond blanc comme la neige avec des plages rousses, des forêts douces. Sébastien saisit un calot de métal : toute la chambre s'y réfléchissait. Étrange chambre, si chargée en strates de mémoire qu'on n'avait plus envie de lire les époques successives, mais de se laisser submerger par un pouvoir diffus, impossible à nommer. Sur la commode, quelques volumes austères des « Profil d'une œuvre » qui avaient tant servi pour le bac de français tranchaient au milieu de la collection de grenouilles. Et comment distinguer vraiment les figurines Schtroumpf « d'époque » — le joueur de basket était la mieux réussie — des alligators « Kinder surprise », objets d'une nostalgie d'enfance pratiquée au deuxième degré par les élèves de terminale littéraire, cette année-là ?

Sur les murs, la collection exhaustive des photos de James Dean au format carte postale alternaient avec la définition d'un fantasme féminin situé dans l'intervalle entre l'Isabelle Adjani d'*Adèle H.* et l'Irène Jacob de *Rouge*. Mais on trouvait aussi Jean-Jacques Goldman « tournée 88 » voisinant avec une affiche très sophistiquée du groupe *Dead Can Dance* déclinant des éléments or et sang empruntés à des tableaux de Jérôme Bosch, un poster de Snoopy, un autographe de l'Équatorien Gomes après sa victoire à Roland-Garros.

Bien sûr, les tiroirs devaient être chargés de révélations autrement personnelles, et Sébastien se serait bien gardé d'y aller voir. Il éprouvait déjà le sentiment d'une effraction avec cet instant creux ; la chambre de Julien n'était plus simplement une chambre de passage où il allait réveiller son fils ou lui emprunter une bande dessinée. Mais le pouvoir de la mélancolie était plus fort que cette sensation de presque faute. Il passa chez Marine, où la poupée Corolle, en haut de l'armoire, avait bien du mal à résister à l'américanisme des Barbie, d'autant plus aimées qu'elles avaient dû s'opposer à une forte résistance esthétique des parents. Les peluches étaient là aussi, mais tous les ours avaient eu droit à rester sur le lit de bambou teinté. Chez Marine, le contraste était plus fort encore entre ces vestiges de l'enfance et les nombreux posters de Robert Smith — elle avait eu sa période Cure, que d'ailleurs elle ne reniait pas. Davantage de livres sur les étagères : les «Alice» et les «Fantômette» à la reliure fatiguée avaient été relégués sur les deux étages du haut ; en bas, on accédait plus facilement aux Modiano et aux Le Clézio —

mais le volume le plus écorné restait un exemplaire des *Hauts de Hurlevent* dans la vieille édition du Livre de poche. Juste à côté, une affiche punaisée sur le mur du film de Téchiné *Les Sœurs Brontë*. Et puis il y avait un tricotin, un jardin japonais avec un petit pont, des personnages, un temple rouge et blanc, des crayons à maquillage, une photo assez triste de Françoise Dorléac, une autre plutôt comique de Clément en train de pêcher la crevette — leur premier voyage ensemble en Bretagne, on apercevait un bout de leur tente canadienne, au fond, dressée sur le sable entre les cailloux.

Sébastien s'allongea sur le lit de Marine, les mains croisées derrière la nuque. C'était étrange, cette plongée dans le silence. Chambres d'enfants, d'adolescents, et d'adultes à présent. Chambres qu'ils n'avaient pas voulu changer, débarrasser des traces enfantines. Sébastien eût-il fait de même ? Il lui semblait que non, mais c'était une autre époque, où l'essence des pièces se devait de se transformer avec les gens, avec le temps. Certes, on ne retrouvait pas tous ces mélanges dans les lieux que Marine et Julien occupaient le plus souvent désormais. Mais ils avaient voulu les préserver à la maison, pourquoi ? Était-ce un signe de force, ou de fragilité ? En avaient-ils besoin, était-ce par fidélité, ou pour ne pas blesser Camille et Sébastien? Ce qui comptait, c'était qu'on ne pouvait imaginer un «Tu sais, si vous voulez, vous pouvez installer ma chambre un peu autrement, maintenant». Non, une telle phrase n'eût pas été possible, tous l'auraient trouvée d'une froideur funèbre, d'une irrémédiable lâcheté.

Il fallait que les chambres soient. Pour le week-end? Mais non, dans l'absolu d'un temps que d'autres effaceraient sans doute, mais qu'ils se sentaient incapables eux-mêmes d'effacer. Dans l'absolu silence d'un matin de vacances, entre la punkitude douce de Robert Smith et les poupées Barbie. Les aubergines attendraient bien un peu.

Sébastien n'avait pas attendu d'être mal pour savoir ce que c'est d'être bien. Là résidait sans doute la seule originalité qu'il se reconnût, cette tendance à dire, ou à se dire, en buvant une bière à la terrasse d'un café ou en regardant Julien et Marine jouer dans le jardin : «Quelle chance!», ou peut-être «quelle chance nous avons», le partage avec Camille allant de soi. Il avait toujours senti en lui à la fois cet accord avec les choses de la vie et la possibilité de prendre avec elles la distance nécessaire pour les goûter en spectateur. Il ne ressentait pas cette disposition comme une valeur morale, mais plutôt comme une particularité physique — sa mère lui avait transmis ça, avec une mauvaise circulation de retour.

Il n'en revenait pas d'avoir perdu ce pouvoir, qu'il avait toujours éprouvé de façon presque palpable. D'ailleurs, les autres en témoignaient : «Sébastien, c'est un sage!» ou bien «Sébastien, lui, il est zen!». Bien sûr, c'était parfois condescendant, une façon discrète de souligner qu'il manquait d'ambition sociale, ou qu'il était un peu flemmard. Sébastien accueillait ces sous-entendus sans se formaliser outre mesure — en rappelant quand même à ses interlocuteurs que le métier de prof de lettres n'était pas de tout repos, et que les concours étaient ouverts à ceux qui souhaitaient l'exercer. Étrange comme cette profession pouvait susciter à la fois la jalousie et le mépris !

Mais au-delà de son métier qui lui convenait tant, Sébastien voyait bien que les autres lisaient en lui cette disposition qu'il se reconnaissait aussi pour boire le temps, regarder le spectacle, et s'en émerveiller dans le silence. Le plus étrange, et le plus difficile à supporter peut-être, était qu'on le gratifiât encore souvent de ce petit talent depuis qu'il avait disparu. S'il croisait alors le regard de Camille, celui de Marine ou de Julien quand ils étaient là, ils haussaient les sourcils avec un sourire un peu triste. Pas si facile de longer les jours avec celui qui était censé savoir les saluer, et dont eux seuls savaient la blessure secrète.

Car rien n'était changé, en apparence. Et à

quoi bon s'embarquer dans d'oiseuses explications qui authentifieraient le mal sans en
rien l'apaiser? Ainsi Sébastien continuait-il à
habiter l'écorce d'une âme zen que tout pouvait troubler. Ainsi apprenait-il à habiter le
monde autrement, d'un pas plus incertain,
qui faisait redouter le chemin, ne le rendait
pas moins désirable. Mais quand donc sau-
rait-il si c'était un passage?

Le timbre fourré de la viole de gambe montait en phrases régulières, entrecoupées d'interruptions, de petites exclamations de dépit, de chantonnements. C'était émouvant, cette ligne de basse qui se faisait mélodique, prenait chant sans rien perdre de sa résonance grave. Juste à côté, dans la cuisine, Sébastien coupait des pommes en lamelles et les disposait sur le fond de tarte. Il éprouvait physiquement le passage de l'archet, ni raclement ni caresse, un mouvement qui semblait venir de si loin. Il sentait mieux le geste que s'il s'était trouvé dans la même pièce que Camille. Il lui semblait vivre cette avancée de la ligne des épaules, ce poids du corps s'engageant dans un élan qui se muait en affleurement.

On ne pouvait imaginer Camille sans sa passion pour la viole de gambe. Souvent, il la plaisantait pour cette façon qu'elle avait, dans les concerts, de présenter son instrument en le disant supérieur au violoncelle — Rostropo-vitch n'avait qu'à bien se tenir. Jamais il ne l'avait vue plus heureuse que le jour où elle avait rapporté de Paris sa viole ornée d'une tête d'ours sculptée par le luthier en haut de la hampe. Ce son comme étouffé, à la fois court et ample, si proche de la voix, de la respiration humaine. Ce timbre qui n'évoquait pas le bois cérémonieux, verni, mais le plus mat, la fibre blonde. Cette véhémence amoureuse qu'il fallait déployer, en embrassant la viole de son corps. Et puis se dire qu'il était dans sa mai-son, que cette musique-là, dans ses hésita-tions mêmes, était le chant profond que voulait faire naître la femme qu'il aimait. Oui, cette envie, ce désir d'aller vers quelque chose. Les phrases écrites, mais, au-delà, une part de soi révélée par la réalisation matérielle du son. La partie de viole était si belle dans ce mor-ceau. On y percevait à la fois dans les notes les plus graves comme un battement de cœur, le rythme, le cadre de temps et d'espace donnés à la musique, et, par moments, la mélodie, plus aiguë, paraissait naître de ce mouvement même, monter vers une liberté d'autant plus poignante qu'elle ne reniait pas le lien qui l'at-tachait au sol. C'était le vol avec le pas.

Camille répétait le ballet en rondeau en ré

mineur de Marin Marais pour viole de gambe et clavecin. Les autres arriveraient bientôt. Il n'y avait pas de claveciniste dans le groupe, et Camille avait dû batailler ferme pour imposer cette pièce dans le programme. Il faudrait louer un clavecin. Patrice avait certes une formation de pianiste, mais il n'avait accepté de travailler la partition que si Camille montrait une motivation extrême. Elle devait ce soir-là passer un test devant Stéphane, Claire, Patrice.

Sébastien avait préparé des salades variées, gruyère et cervelas, chou rouge et blanc, céleri moutarde — rien à voir avec l'adipeuse texture du céleri rémoulade du charcutier. Deux bouteilles de pinot noir étaient au frais. Tout cela viendrait à son heure, bien plus tard dans la nuit, quand les premiers symptômes de lassitude gagneraient les musiciens.

Il aimait bien que les répétitions aient lieu chez eux. À chaque fois, la venue des musiciens installait un beau désordre d'objets chauds, de boîtes entrouvertes tendues de velours or ou bleu. On en sortait les cromornes et le luth, les flûtes à bec de toutes tailles. Sébastien se faisait tout petit, allait s'asseoir en tailleur dans un coin de la pièce. Ah! oui, comme la maison aimait cela, comme elle vivait, plusieurs siècles en arrière, dans la voix de Stéphane. Et puis comme c'était bon le vin chaud après, les paroles alenties, sans importance, légères dans la nuit.

Mais Sébastien aimait encore mieux avant. Savoir que tout cela allait venir, petite fête tranquille avec ses rites et quand même ses risques — on ne sera jamais prêts. Cela faisait du bien, l'odeur du céleri, les amis proches, et le nom de Marin Marais. Cette envie de Camille au bout de son archet, ce chant de vie profond qui voulait faire des progrès.

— Tu devrais aimer ça ! Il y a beaucoup de films que tu as vus, je crois !

Marine avait laissé à la maison ce CD des musiques de film de Georges Delerue. Sébastien ne l'avait pas encore écouté, et cette fin d'après-midi était bien pour ça. Il mit le lecteur en route, dans le grenier aménagé. Il se disait toujours qu'il n'allait pas assez souvent dans cette pièce, au confort précaire, mais chaude d'atmosphère, malgré le sol rudimentaire. Sous les poutres blondies, adoucies par un long polissage, il fallait se pencher, retrouver des positions adolescentes. Le dos appuyé contre une poutre, Sébastien regardait par la petite fenêtre le soleil descendre rouge à l'horizon de la forêt. On ne voyait plus rien du village ; on aurait pu se croire ailleurs, loin de la Normandie un peu trop onctueuse et civilisée, peut-être au cœur de l'Auvergne.

Dès le début du disque, des images revenaient. Le pianotage synthétique qui accompagne les errances gris-bleu d'Alain Delon dans *Le Samouraï* de Melville, la valse un peu fofolle de *Jules et Jim*, et celle, plus nostalgique, des *Caprices de Marie*. Pas mal de violons, bien sûr. Mais pourquoi se sentir tout d'un coup si proche de soi, si triste ?

Ce n'était pas la musique toute seule. C'étaient toutes ces histoires qui défilaient aussitôt, inexorables, et même les histoires imaginées des films qu'il n'avait pas vus. Des destins en mouvement, et qui prennent conscience d'eux-mêmes tout à coup, parce que la musique souligne les frontières, les passages, les fins, les amours, les enfances, les morts, les baisers qui se perdent et les pas qui s'éloignent. Oui, toutes ces histoires étaient tristes parce que c'étaient des histoires, parce que le temps passait dans quelques notes de piano. Sébastien ne voulait pas que les films aient raison. Que la vie soit une histoire. Que sa vie.

Sébastien aimait passer près des maisons à vendre, des jardins abandonnés. Il s'arrêtait ici et là, regardait longuement par-dessus les clôtures. Trois ans déjà depuis que la mère Richard était morte. Trois ans seulement, et les limites de son petit potager se confondaient avec les herbes folles de l'ancienne pelouse. Quelques cheveux épars de haricots se mêlaient au trèfle, le liseron avait étouffé le lilas blanc, couché à terre. Sur le mur de pisé, les claies délavées de l'espalier pendaient. Quelques pousses neuves s'évertuaient à grimper au cœur du vieux pommier, entre les feuilles de gui.

— Voilà ce que vaut le temps donné à un jardin! Dix ans, et il n'y en aura plus la moindre trace.

Il se disait cela avec une amère satisfaction, comme pour fustiger son propre désir de s'investir dans un jardin. Mais il le sentait bien : cette condamnation presque immédiate de l'absence faisait aussi tout le prix du présent jardinier. On ne possède pas un jardin. On l'accompagne, on le devient, on l'abandonne.

Depuis quelques semaines, Sébastien essayait de devenir la moindre révélation de son jardin. Comme chez la mère Richard, il y avait un vieux pommier dont les branches vert-de-grisées annonçaient la mort prochaine — Camille se demandait s'il ne faudrait pas le faire abattre. Mais cet avril encore, des pousses jeunes jaillissaient au cœur des membres morts, et des manchons fourrés de fleurs rosées s'obstinaient à cascader près des lichens. Chacune aurait pu prétendre à son charme singulier, avec ses cinq pétales arrondis. Mais elles préféraient cette contiguïté ébouriffée, joyeuse et simple. Sébastien s'amusait à retrouver dans l'essence de chaque fleur une tendance littéraire. Chaque fleur de pommier aurait pu se prendre pour une Adrienne. Mais elles préféraient pouffer ensemble, et rester des Sylvie.

Nerval, avril : des mots qui semblaient faits pour se répondre. Mais Sébastien s'étonnait davantage de retrouver juste à côté un personnage confiné de Proust, son auteur préféré : la giroflée. Velours. Velours d'intérieur, de

146

vieux théâtre à l'italienne, velours de peignoir raffiné sur une épaule de diva. Si la giroflée s'épanouissait au soleil d'avril, s'agitait vaguement dans le vent frais, ses voisines n'étaient pas dupes. La primevère préférait s'effacer — à quoi bon essuyer les dernières gelées, susciter un idéal de fraîcheur pascale, si c'était pour voir lui succéder une telle bourgeoise ? Quant au myosotis, il savait trop bien quel rôle de papier peint faire-valoir il risquait de jouer à trop côtoyer cette discrète raffinée.

Elle n'en faisait pas trop, la giroflée. De loin, elle buissonnait en souplesse rustique et dure, avec cette nostalgie souriante des élégantes qui gardent la beauté des quarante ans. De près, on était surpris qu'un parfum si léger puisse être en même temps aussi suave. Et puis cette soie douce des pétales, et l'ambre deviné, la matité sévère, le grenat... Couleurs intérieures, nuances de voilages, tonalités d'automne et de sofa. La giroflée était comme une lampe basse, allumée dès cinq heures après-midi dans le salon d'Odette Swann-Crécy.

Jamais les troisième C n'avaient été aussi prolixes. Visiblement le texte d'Éric Holder *La Météo*, tiré de son recueil *La Belle Jardinière*, leur plaisait. Et puis ils voulaient faire plaisir à Sébastien, qui leur avait demandé un effort de participation le-jour-où-l'Inspecteur-serait-là. Ce dernier s'était installé à côté de Romain Boutel, au dernier rang. Quand Sébastien lui avait tendu le texte, il avait regardé le nom de l'auteur, au bas de la page, et esquissé un hochement de tête accompagné d'une petite moue, du genre vaguement-entendu-parler-jamais-rien-lu-ah-si-peut-être -une-dictée-dans-les-annales-de-brevet. Au début de sa «carrière», Sébastien avait été visité par deux inspecteurs du type humaniste-conciliant, répercutant les directives ministérielles avec ce je-ne-sais-quoi de lassitude bienveillante qui ne laissait guère planer de doute quant à leurs convictions profondes. Mais cette fois, le personnage était à l'évidence tout différent. Une quarantaine d'années à peine, petites lunettes, le corps sec, poignée de main furtive, il devait professer au plus étroit les dogmes du nouveau catéchisme pédagogique. Il avait pénétré dans la salle A8 en portant sous son bras les trois cahiers de textes des autres classes dans lesquelles Sébastien enseignait — on aurait droit à l'épluchage en règle.

Pourtant, Sébastien ne se sentait pas trop mal. Certes, il avait un peu abusé de calmants avant d'entrer en cours, mais surtout l'explication fonctionnait mieux qu'il n'aurait pu l'espérer. Il en était arrivé au passage où Éric Holder exalte les mérites de la météo marine : l'énumération des mots Viking, Utsire, Forties, Cromarty, avait d'abord dérouté les élèves, qui écoutaient davantage N.R.J. que France Inter, mais à présent ils disaient de jolies choses sur le pouvoir poétique de ces vocables étranges. Sylvie Trenac, qui ne parlait guère d'habitude, s'était lancée dans une proposition courageuse :

— Utsire, Cromarty, averses, quand on entend ça, on a l'impression d'être un enfant qui lit *L'Île au trésor* bien au chaud dans ses draps.

Sébastien n'avait pu s'empêcher de sourire et de jeter un regard sur l'Inspecteur. Mais ce dernier n'écoutait plus. Il tournait méticuleusement les pages du cahier de textes de la sixième B. Releva-t-il les yeux au moment précis où Sébastien haussa les épaules ? Difficile à dire, mais il valait mieux continuer comme s'il n'avait pas été là. Ainsi fut fait. La fin du texte était un petit chef-d'œuvre :

« Il flotte dans l'air, à l'heure de la météo, comme un parfum d'immédiat après-guerre. Ah ! qu'on ne vienne pas nous parler de l'Europe ! C'est la France de Trenet, de Pourrat et de Marcel Aymé, avec ses agriculteurs et ses quincailliers, qui s'en revient hanter, dans l'odeur du poireau-vinaigrette, et sur la toile cirée imitant le vichy, la conscience du téléspectateur — et, pour manger, maman a ôté son tablier. »

« Et, pour manger, Maman a ôté son tablier. » Même Romain Boutel avait des choses à dire sur la signification de cette phrase. À ses côtés, l'Inspecteur le toisait d'un air goguenard-condescendant. La sonnerie de la fin de cours retentit à cet instant. Aux yeux de Sébastien, l'explication s'était très bien passée, et il eut un acquiescement de paupières reconnaissant pour les élèves qui semblaient l'interroger du regard en quittant la salle.

— Vous v'nez au club théâtre, M'sieur?

— Non, Virginie, il faut que je m'entre-
tienne avec Monsieur l'Inspecteur.

— Oui, abonda aussitôt l'homme du mi-
nistère, vous savez que j'ai prévu une réunion
pédagogique avec l'ensemble de vos collègues
de français ce soir à dix-sept heures. Mais
pour ce qui est de votre travail, nous pouvons
en parler tout de suite, ici même si vous le
souhaitez.

Dans le couloir tout proche, l'habituelle
effervescence précédant le repas à la cantine
contrastait cruellement avec le silence gêné
qui s'installait. Aucune parole définitive n'avait
encore été prononcée, mais il était impossible
de ne pas percevoir l'antipathie glaciale qui
flottait entre les deux hommes depuis qu'ils
s'étaient retrouvés seul à seul.

— Asseyez-vous, je vous en prie, finit par
dire l'Inspecteur avec une pointe d'agacement
dans la voix, et en indiquant à Sébastien une
place de l'autre côté de la table.

Ils ne s'aimaient pas. C'était presque palpable. Sébastien n'aimait pas le petit costume
de l'Inspecteur, l'Inspecteur n'aimait pas le
gros pull de Sébastien. Sébastien n'aimait pas
la façon dont l'Inspecteur avait posé à plat
ses deux mains parfaitement blanches sur la
table, l'Inspecteur n'aimait pas la position

qu'avait adoptée Sébastien, la jambe gauche repliée sur la droite, la main droite tenant sa cheville gauche, avec une décontraction des plus feintes.

— Oui, Monsieur Sénécal... Je ne serai peut-être pas aussi dithyrambique que vous le fûtes à propos de ce texte d'Éric...

Là l'Inspecteur regarda en bas de la feuille du texte pour retrouver le patronyme de l'auteur et manifester ainsi avec ostentation que ce dernier ne faisait pas encore partie du panthéon rectoral :

— Holder, oui, c'est cela... Un texte assez estimable au demeurant, mais ce n'est pas sur ce sujet que porteront mes griefs.

Après un petit toussotement diplomatique, l'Inspecteur reprit :

— Oui, j'ai vu que vous aviez eu dans le passé de très honorables rapports d'inspection. Un passé assez lointain, à vrai dire, puisque le dernier remonte à plus de dix ans. Et c'est cela qui m'inquiète un peu, Monsieur Sénécal, je ne vous le cache pas. Il semble à la lecture des différents cahiers de textes de vos classes que vous ne pratiquiez guère le travail en séquences désormais requis au collège...

On y était. Curieusement, Sébastien n'éprouvait pas le moindre malaise, et c'est d'une voix ferme qu'il interrompit Monsieur Dumesnil :

— Je ne me suis jamais fait d'illusion sur la raison d'être de ces séquences, Monsieur l'Inspecteur. Quand j'ai commencé à enseigner, j'étais chargé de deux classes de français. L'Éducation nationale m'en donne à présent quatre, j'en aurai cinq l'année prochaine, avec la réduction des horaires proposée. Au début de ma carrière, on nous demandait dans chaque classe une rédaction tous les quinze jours, une dictée par semaine, des explications de texte, des questions écrites. Bref, une somme de copies à corriger qui était envisageable avec deux ou trois classes, mais qui ne l'est plus guère avec quatre ou cinq. Il a donc fallu trouver un nouveau mode de fonctionnement, dans lequel les élèves ne sont plus évalués que par une note globale, intervenant toutes les cinq ou six semaines. Voilà, à mon avis, la vraie source des séquences. Une volonté d'employer moins de professeurs, et de faire des économies, comme toujours. Et puis il n'y a rien de plus ennuyeux, pour un élève, que de rester englué plusieurs semaines sur le même thème, et d'y mélanger artificiellement l'écriture, la grammaire, la lecture et l'orthographe.

Les mains de l'Inspecteur avaient quitté

leur belle immobilité pour esquisser un petit pianotement régulier.

— Permettez-moi de vous dire, Monsieur Sénécal, que votre raisonnement est des plus spécieux. Les séquences ont été mises en place pour aider en priorité les élèves en difficulté. Quant à la kyrielle de notes que les élèves obtenaient à l'époque bénie dont vous parlez, vous savez bien qu'elles étaient le plus souvent décourageantes.

— Pardonnez-moi de vous couper, Monsieur l'Inspecteur, mais je trouve la multiplicité des notes beaucoup moins traumatisante que leur rareté, qui leur confère un poids redoutable. Et puis vous n'arriverez jamais à me faire croire qu'un élève en difficulté réussit davantage quand on corrige moins ses productions écrites.

Le pianotement avait nettement monté en fébrilité.

— Cela suffit, Monsieur Sénécal. Vous n'êtes pas ici pour faire le procès des programmes, mais pour écouter un bilan sur votre travail, assez déroutant, je dois le dire, et qui mêle apparemment des prétentions à la modernité avec certaines attitudes archaïques... Nous arrivons à la fin du mois d'avril, et je vois que vous n'avez toujours pas commencé, en sixième, l'étude des textes fondateurs, pourtant obligatoire. La semaine dernière, vous avez étudié un poème dont le nom de l'auteur n'est pas cité. En cinquième, je vois, dans la même semaine l'explication d'un texte de chanson de… Thomas Fersen, et celle d'un texte de Proust consacré aux noms de lieux. Je ne connais pas ce Fersen, mais croyez-vous que des élèves de cinquième soient capables de comprendre Proust ? Et surtout, pensez-vous que tout cela ait une réelle unité ?

C'était étrange. Il semblait à Sébastien qu'il aurait eu des difficultés à se justifier s'il avait trouvé l'Inspecteur plus sympathique. Mais là, il se trouvait libéré, porté par un sentiment de juste colère qui lui donnait une assurance inespérée :

— L'unité de tout cela, Monsieur l'Inspecteur, c'est la vie, la qualité de tous ces textes, la résonance qu'ils provoquent chez les élèves. Proust trop compliqué ? Oui, bien sûr, mais son imagination entre tellement en phase avec celle des élèves qu'on peut, en les guidant, y accéder. À la suite de cette explication les élèves ont écrit à propos de leurs propres «noms de lieux», et le résultat est étonnant… C'est vrai, en sixième, je n'ai pas encore étudié les textes fondateurs. J'en verrai quelques-uns en fin d'année. Mais pas tous. Je trouve inepte de traîner trop longtemps sur des textes qui n'ont aucun intérêt littéraire, proviennent de traductions aléatoires, d'adaptations, qui n'ont pas de style. C'est déjà le cas pour les contes. Si l'on écoutait les programmes, on laisserait les sixièmes plus d'un trimestre face à des textes écrits d'une manière absolument plate. Le contenu culturel des textes fondateurs relève du cours d'Histoire.

Le regard de Monsieur Dumesnil avait noirci. En rajustant ses lunettes, il voulut clore ce déferlement :

— Je sais que vous êtes fatigué nerveusement, Monsieur Sénécal, votre principal a eu la délicatesse de m'en informer. Cela ne vous autorise pas tous les débordements...

— Il n'est pas question de mes fatigues, Monsieur l'Inspecteur. Je pense tout cela depuis très longtemps. Votre soi-disant réforme s'appuie sur un constat d'échec. Ce sentiment d'échec, je ne l'ai jamais éprouvé depuis vingt ans, et je ne l'éprouverai que si l'on me contraint à épouser vos programmes et vos techniques bureaucratiques et mortifères. On ne peut être un bon prof de lettres qu'avec la liberté d'être soi. Tenez, je ne résiste pas au plaisir de vous dire ce poème, dont vous me reprochez de ne pas avoir trouvé l'auteur. Peu importe, son message reste essentiel.

En se levant, quittant le ton de la colère pour celui d'un enjouement un peu affecté, devant l'Inspecteur qui jeta ses deux mains en avant comme s'il demandait grâce, Sébastien se lança :

Le baba et les gâteaux secs

Ce qui caractérise le baba,
C'est l'intempérance notoire.
A-t-il dans l'estomac
Une éponge ? On le pourrait croire,
Avec laquelle on lui voit boire,
— En quelle étrange quantité —
Soit du kirsch, de la Forêt-Noire
Soit du rhum, de première qualité.
Oui, le baba se saoule sans vergogne
Au milieu d'une assiette humide s'étalant,
Tandis que près de lui, dans leur boîte en fer-
    blanc
De honte et de dégoût tout confus et tremblants,
Les gâteaux secs regardent cet ivrogne.
«Voyez, dit l'un des gâteaux secs, un ancien — à
    ce point ancien qu'il est même un peu rance —
Voyez combien l'intempérance nous doit inspirer
    de mépris
Et voyez-en aussi les déplorables fruits :
Victime de son inconduite,
Sachez que le baba se mange tout de suite
Pour nous qui menons au contraire
une vie réglée, austère
on nous laisse parfois des mois.»

Cependant, une croquignole,
Jeune et frivole, et un peu folle,
Une croquignole songe à part soi :
— On le mange, mais lui, en attendant, il boit.
Je connais plus d'un gâteau sec
Dont c'est au fond l'ambition secrète
Et qui souhaite d'être baba.

Durant toute cette déclamation fervente, Monsieur Dumesnil avait rangé ses papiers dans son sac, puis, ayant retiré ses lunettes, s'était massé les ailes du nez avec un air accablé.

— Sans doute sommes-nous tous un peu à la fois baba et gâteau sec, reprit Sébastien. Nous avons eu une discussion passionnante avec mes élèves de sixième sur ce sujet. Maintenant, pardonnez-moi, mais je crois que votre opinion est faite. Vous comprendrez que je n'ai aucune envie d'assister à votre petite conférence ce soir.

Et il se dirigea vers la porte avec une théâtralité presque jubilatoire, se retournant juste avant de quitter la salle :

— Tout est là, Monsieur l'Inspecteur. Quelle est la proportion de gâteau sec ?

— Alors, cette inspection ?

— Un désastre, mais je me suis bien défoulé ! J'ai même envie de prendre un petit apéro pour fêter ça !

Bien sûr, Camille ne put s'empêcher de poser quelques questions mais elle se sentit bientôt rassurée devant l'air plutôt ragaillardi de Sébastien. Elle craignait pour lui l'épreuve physique, mais les conséquences administratives la laissaient assez froide.

En sirotant son martini-gin, Sébastien poussa un soupir de soulagement. Bien carré dans son fauteuil, mieux dans sa tête qu'il ne s'était senti depuis belle lurette, il parcourut du regard les boiseries qui entouraient la cheminée, la fenêtre entrouverte sur le premier lilas mauve.

— Qu'est-ce qu'elle est bien, cette maison ! lança-t-il comme si ce n'était pas la sienne.

Après une autre lampée, il ajouta :

— Dommage que les pièces soient un peu petites pour les fêtes !

Camille mit un peu de temps à acquiescer d'un battement de paupières qui pouvait aussi signifier qu'il valait mieux parler d'autre chose, et Sébastien se rendit compte de l'incongruité qu'il venait d'émettre. Il y avait eu tant de fêtes dans la maison, et l'exiguïté des pièces n'empêchait rien. Tant d'amis rassemblés dans le petit salon, autour du piano, des guitares, des chansons. Et puis toutes ces folles danses d'ours dans le pré. Dès que le soleil s'affirmait, Camille lançait l'invitation à saisir au vol, le jour même, et chacun essayait de se rendre libre, apportait une quiche, une salade mélangée, deux ou trois bouteilles. On mangeait au petit bonheur sur des tréteaux garnis de belles nappes blanches empesées. Les enfants jouaient au foot. Parfois, on avait même le temps d'installer le croquet. Et puis des lampes s'allumaient à l'intérieur, et c'était beau ces halos orangés dans la nuit bleue, sous l'arche de la vigne vierge. Alors à la fraîche, on rentrait, et l'on se tenait chaud, à chanter coude contre coude. Plus tard, on enfilait des gros pulls, on ressortait dans le jardin pour un feu d'artifice assez inégal d'une fois à l'autre, mais qui déclenchait tou-

jours le même enthousiasme chez les spectateurs.

Si l'on ne parlait plus de fête, depuis
quelques mois, c'était à cause de Sébastien
bien sûr. Il redoutait tant les moindres situa-
tions sociales, les discussions debout... Et
voilà qu'un simple battement de paupières
lui faisait prendre conscience tout à coup
de sa responsabilité dans l'atmosphère de
la maison soudain plus pesante et plus
morne, qu'il attribuait seulement au passage
du temps, à l'éloignement de Marine et de
Julien...

Il faisait assez beau pour finir l'apéritif
dehors. Camille et Sébastien se retrouvèrent
assis sur le petit banc vert, derrière la maison,
«comme deux petits vieux» — oui, ce n'était
pas désagréable de s'imaginer à la fin de la
vie, ensemble silencieux devant le cognassier.
Le tronc de l'arbre très court et large mena-
çait de se séparer en deux, et Monsieur
Lefèvre, le quincaillier, avait prêté un volu-
mineux serre-joint en bois pour retarder
l'échéance. Mais cette année encore l'arbre
ferait tonnelle, à condition de se baisser pour
passer sous les branches, y installer une
chaise longue, aux jours les plus chauds. À la
différence des pommiers, le cognassier mettait des feuilles avant les fleurs. Ces dernières

s'annonçaient déjà cependant, minuscules glaces italiennes panachées fraise-vanille.

— Dans huit jours elles seront ouvertes ! décréta Sébastien.

Camille sourit :

— Souviens-toi de Colette ! «Nous et l'abeille, et la fleur du pêcher, nous attendons trop tôt le printemps. »

Au-delà du cognassier, le portique découpait sa silhouette encore nue, trop lointaine pour qu'on y voie se déployer la clématite Montana que Sébastien avait plantée, et moins encore le pied de chasselas.

— Tu comptes vraiment voir pousser des raisins ?

— Non, c'est pour l'idée. Chasselas de Moissac, ça me rappelle mes origines !

Après le portique, l'allée d'herbe britannique avait fière allure dans l'abricot du soleil couchant. «Ça ferait presque parc, s'il n'y avait ces granges abandonnées», se dit Sébastien. Les granges ! Comment n'y avait-il pensé plus tôt ? Tout ce remords qui venait de le gagner au nom des fêtes oubliées venait tout à coup de trouver l'idée d'une rédemption. Il n'était que temps de faire quelque chose de ces trois granges accolées qui servaient de remise et de poulailler, à l'époque où la maison était une ferme.

Dans la joie de sa trouvaille, il faillit se livrer à Camille, se reprit juste à temps. Il fallait que cela reste un secret.

Le plus dur était de se trouver un alibi. Mais la soirée se révélait décidément propice aux révélations, comme si l'inspection cauchemardesque avait insufflé à Sébastien une imagination, une liberté nouvelles :

— Oui, tiens, plus grand-chose à faire au jardin, en ce moment. Ça ne serait pas une mauvaise idée de ranger un peu ces granges.

— Toi, ranger ?

La petite lueur au fond des yeux gris-vert de Camille était drôle, et Sébastien crut pouvoir traduire le silence qui suivit sa question : «Ou bien tu vas vraiment mieux, ou bien tu es tout à fait malade.»

— Enfin, pas ranger pour ranger, tu me connais. Mais ça fait longtemps que je pense qu'il faudrait libérer au moins une des granges, ne serait-ce que pour mettre une table de ping-pong.

— Écoute, comme tu veux ! Mais en tout cas, pas ce soir !

— Tu as d'autres projets ?

Dès le lendemain, Sébastien, de retour du collège, commença à mettre son plan en application. En fait, il ne voulait pas vider une,

mais deux des trois granges, et faire disparaître une cloison. Il tenait là une entreprise à
sa mesure — bien autre chose que le portique
— mais il fallut procéder avec des ruses de
Sioux. Il profita du mercredi après-midi pour
se rendre chez les Compagnons d'Emmaüs,
où il commanda un lot impressionnant de
chaises pas trop bancales, moins de vingt
francs chacune, une affaire, qu'il obtint de
faire livrer le mercredi suivant, jour de répétition pour Camille. Il eut recours à la même
duplicité pour faire ses courses en douce le
samedi, et ramener de volumineuses tentures
de velours rouge, puis pour acheter des
planches aux Docks de la Vieure, emprunter
une scie sauteuse chez le père Lefèvre. Un instant découragé par l'invraisemblable pagaille
qui s'étalait dans les granges, il réussit à entas-
ser tant bien que mal dans celle du fond un
bric-à-brac de skis hors d'état, de silex arra-
chés au jardin pour planter la haie de thuyas,
de batteries inutilisables, de bidons en tous
genres. Il y avait une vraie jubilation à déployer tant d'ardeur dans un but secret. Et
puis, la chance était avec lui. Chez Emmaüs,
il avait exhumé un lustre-candélabre où l'on
pouvait piquer une cinquantaine de bougies.

Arracher la cloison ne fut pas une mince
affaire. Sébastien faillit renoncer devant le

rébarbatif conglomérat de planches et de parties grillagées de l'ancien poulailler. Par contre, l'installation de la scène lui posa moins de problèmes qu'il n'aurait pensé. Il parvint à clouer les longues planches neuves sur trois grosses traverses perpendiculaires. Mais il perdit beaucoup de temps à coudre les anneaux sur le rideau de velours rouge. Il y eut encore de longues séances consacrées au nettoyage — combien de kilos de poussière avaient-ils pu s'amasser ainsi au fil des années ? Par chance, il avait laissé les fils électriques installés par le précédent propriétaire pour bricoler sur sa vieille Saab. Ainsi put-il brancher deux projecteurs de chaque côté de la scène. Il demanda à son neveu Thomas, étudiant aux Beaux-Arts, de faire une enseigne, et fut très heureux de recevoir un matin, sur une pièce de bois découpée en forme de blason, la peinture enluminée d'un mouton tout étonné de se retrouver sur une scène. Le dernier soir d'avril, Sébastien accrocha son lustre, juste derrière le rideau. Il disposa toutes les chaises — il avait eu raison de viser large, la salle pouvait accueillir près de cinquante spectateurs. Avec une lenteur majestueuse il alluma les bougies une à une, puis vint s'asseoir en tailleur à même la terre battue, tout au fond de la grange.

C'était beau comme un tableau de La Tour, tout ce rouge et ce blond, ces ombres déjà vivantes, l'odeur de la cire et du bois. On avait l'impression que cela existait depuis toujours, que cela bruissait de souvenirs séculaires, de troupes de théâtre ambulantes. Dans le tremblement des bougies sur le velours, il y avait Molière et Lope de Vega, des rires étouffés, de longs silences, et ce rai de soleil où dansait la poussière, Et puis il y avait Sébastien. Ce théâtre intérieur dont il se sentait à la fois l'artisan et le roi.

Le samedi suivant, Julien, Marine et Clément devaient venir. Camille avait promis de ne rien aller voir avant. Il faisait beau, la clématite Montana commençait à s'ouvrir sur le portique. Sébastien avait tondu de frais «l'allée anglaise». Après le déjeuner, ils le suivirent, à demi intrigués, à demi moqueurs. Mais quand il eut tiré à deux battants la lourde porte de bois, Sébastien aima leur silence, leur sourire un peu grave.

— Voilà le théâtre de la grange. Pour le premier spectacle, je compte un peu sur vous.

Il allait mieux. Des malaises le saisissaient encore dans les files d'attente, mais plus jamais pendant les heures de cours. Au collège, le spectacle du club théâtre fut un grand succès, qui le consola d'un rapport d'inspection des plus secs, mais il l'avait bien cherché, et ne regrettait rien — c'était bon de se sentir en harmonie avec ses convictions. « Malgré certaines qualités, le travail pédagogique de Monsieur Sénécal ne laisse pas d'interroger. » C'étaient les premiers mots de l'Inspecteur. Sébastien avait lu toute la suite avec le sourire, et le soir même se souciait davantage du décor du *Chapeau de paille d'Italie* que les élèves devaient jouer la semaine suivante. Cinq actes, cinq décors ! Mais Camille lui dessina un plan des plus efficaces, et la gardienne du collège lui cousit gentiment les tentures. Sébastien retrouva le stress délicieux de ces petites séances de théâtre sans prétention, qui se déroulaient toujours bien, avec des spectateurs indulgents, la bonne surprise de quelques timidités vaincues, les premières chaleurs.

Il allait mieux. Il y avait beaucoup de travail au jardin. À la moindre douceur, il proposait de dîner dehors, et Camille se laissait toujours faire. Le repas fini, ils restaient longuement à bavarder de tout et de rien, faisaient le tour des bordures neuves, puis s'asseyaient dans l'herbe. À dix heures, des vols de hannetons pleuvaient dans l'air, mais cinq minutes après les chauves-souris se déployaient en escadrille et les happaient en quelques secondes. Et les vacances ? Ils resteraient beaucoup à la maison, les enfants devaient passer avec des copains. Au début du mois d'août ils partiraient enfin une semaine en Toscane.

Il allait mieux. Autour de lui, des amis, des collègues souffraient de maux qui n'en finissent pas, qui en finissent trop, de ces maladies qu'il faut appeler longues. Juste à côté, Sébastien s'en voulait d'avoir été mal de si peu, de pouvoir l'être encore.

De pouvoir l'être encore. Bien sûr, il allait mieux, mais la vie désormais serait à la fois tout à fait la même et tout à fait différente. Sébastien n'osait pas encore parler de « sa dépression» car l'adjectif possessif aurait fixé les choses dans un temps déterminé, dont on aurait pu distinguer le début et la fin, expliquer le passage. Or ce n'était pas ça, mais une part de lui plus essentielle, plus ou moins diluée dans chaque moment de sa vie, et qui s'était cristallisée soudain. Il se reconnaissait aussi dans ce mal-être. Il allait mieux.

C'était le 20 juin, miracle, il faisait beau ! Depuis deux heures, Sébastien n'arrêtait pas de courir aux quatre coins du jardin, débouchant des bouteilles, proposant les petits fours chauds, fonçant dans la cuisine pour reprendre des glaçons. Heureusement, chacun mettait un peu la main à la pâte, sans trop poser de questions. C'était bien de retrouver cette liberté des soirs de fêtes où les amis investissaient la maison comme si tout allait de soi. Dans la fébrilité des gestes passait comme un frémissement de plaisir partagé, inquiet et amusé.

Sébastien était venu remplir une carafe d'orangeade. Pour quelques instants, il n'y avait personne dans la cuisine. Quelque chose le poussa à suspendre son geste. La carafe dans la main gauche, il s'approcha de la fenêtre à petits carreaux, à demi envahie par les feuilles de la vigne vierge et les fleurs de l'hortensia feuille de chêne. Une trouvaille, cet arbuste, il fallait bien en convenir. Rien à voir avec l'opulence sucreuse des hortensias roses ou bleus qui semblent sortir du salon de coiffure, avec leurs rondeurs permanentées. Non, la fleur de l'hortensia feuille de chêne se laissait désirer, se déclinait en cônes d'abord insignifiants, dont les fleurs ne passaient au blanc qu'après d'infimes variations en vert, en jaune pâle. Épanouies, elles gardaient encore un côté feuille, un côté bois. D'ailleurs, plus que les fleurs, les feuilles étaient la raison d'être de l'arbuste. Elles tenaient de l'érable et du mûrier, et commençaient dès la fin juin à roussir lentement.

À travers les fleurs, les branches, dans le carré de la fenêtre, Sébastien eut tout à coup l'impression que le temps s'arrêtait. Des cris, des rires, des conversations se mêlaient en buée sonore. Là-bas, au-delà du portique, des enfants avaient approché un escabeau du cerisier cœur-de-pigeon, et deux d'entre eux grimpaient dans l'arbre. Plus près, d'autres avaient commencé un petit match de foot, et des adultes s'en étaient mêlés, d'abord en spectateurs-commentateurs, puis en partici-pants. Des robes claires passaient de l'ombre à la lumière, des silhouettes indécises dans le contre-jour, un pull jeté sur les épaules, un verre à la main. Depuis longtemps déjà les acteurs du spectacle répétaient dans le théâtre de la grange, personne n'avait le droit de s'approcher. Mais c'était ce moment précis où l'on a fini de s'impatienter, où l'on ne regarde plus sa montre. On a juste un peu bu, juste forcé le ton. Et maintenant on se sent bien, dans la soirée partie pour naviguer sur une mer étale, légère, cotonneuse. Sébastien n'avait plus envie de mettre un prénom sur chacune de ces silhouettes amies découpées par les feuilles de l'hortensia. Toutes ces heures passées dans le jardin, c'était juste pour ça, ces secondes d'éternité faciles, une carafe d'orangeade dans la main. Il allait de nouveau croire au bonheur, et il n'y pouvait rien.

La porte d'entrée de la grange venait de s'ouvrir, et Cécile, dix ans, la fille de Stéphane, battait le rappel des spectateurs. Puis elle retourna s'installer comme dans un guichet derrière la petite découpe — qui devait servir jadis pour le poulailler — ménagée dans le vantail de droite. Elle avait minutieusement préparé des billets — 20 juin 1999, soirée exceptionnelle au Théâtre de la Grange. Musique — théâtre — cirque. Entrée gratuite, mais les pourboires sont autorisés.

Julien avait allumé toutes les bougies du

lustre, et un murmure flatteur accompagnait la découverte du petit théâtre. Il y eut un peu de bousculade, il fallut rajouter quelques chaises. Antoine, le petit garçon de Patrice, vint alors sur la scène et annonça lyriquement les *Bulles de lumière*.

Bien sûr, Julien et ses amis ne pouvaient montrer tous leurs numéros sur une scène aussi petite. Mais la flûte de Valérie, la voix d'Emmanuel résonnaient dans cet espace minuscule avec un timbre encore plus vivant, plus prenant. Affolées par la danse des bougies, les ombres des jongleurs se détachaient encore plus magiques sur les murs de planches.

Après le triomphe des *Bulles de lumière*, on installa un bureau et deux chaises sur la scène. Cécile vint annoncer :

— Et maintenant Marine et Clément dans un sketch de Roland Dubillard, *L'écrivain souterrain* !

Debout, appuyé contre la paroi du fond, Sébastien sentit un frisson le parcourir. Encore essoufflé, Julien était venu le rejoindre. Il le prit par l'épaule, et un même sourire les gagna tandis qu'ils découvraient ce « diablogue » à la loufoquerie irrésistible. Comme c'était bon de retrouver cette Marine drôle, qui n'avait fait que semblant de disparaître avec l'enfance ! Sébastien songea à toutes les heures de répétition que Clément et elle avaient dû consacrer à ce bijou d'humour, au milieu des oraux de leurs concours. Les derniers rires éteints, il se précipita pour les remercier, étreignit Marine en lui soufflant :

— Alors, l'an prochain ? H.E.C., ou le Conservatoire ?

Et puis bien sûr, il y eut de la musique, et jamais la viole de gambe de Camille n'avait semblé si chaleureuse. Marin Marais, Bach, et la nuit qui venait, si bleue par l'ouverture du guichet.

Juste avant le dernier rappel, Emmanuel et Julien s'éclipsèrent pour aller installer le feu d'artifice, Sébastien pour préparer le vin chaud dans une énorme marmite, allumer les photophores et les disposer sur les tables.

Alors la nuit très douce dura longtemps encore, si belle et forte qu'elle semblait à l'avance un souvenir. Les enfants étourdis de cette permission de bien après minuit couraient comme des fous. Il y eut des bousculades, et tout d'un coup un cri de douleur monta au milieu des rires. Poursuivi par Cécile, Antoine venait de heurter de plein fouet le portique. On s'approchait pour voir s'il ne s'était pas fait trop mal, quand la voix de Clément s'éleva :

— Attention !

Sous le choc, le premier poteau de gauche avait été déterré : il entraîna bientôt avec lui l'ensemble de la construction, qui se désagrégea au ralenti, avec un petit couinement inexorable. Les longerons entremêlés de branches de clématite s'abattirent à quelques centimètres d'une table. Un silence gêné plana quelques instants. Tout le monde contemplait cet amas pitoyable de poteaux enchevêtrés, confusément amenuisés dans la lumière des bougies. Et comme Antoine se relevait sans mal apparent, des paroles sévères commencèrent à monter.

— Non ! fit Sébastien. Ne les grondez pas ! Le poteau était mal planté... C'est très bien comme ça. Ça nous fera du bois pour nos flambées d'automne.

Puis après un silence, il ajouta tout doucement :

— Le portique n'existe pas.

DU MÊME AUTEUR

LE BONHEUR, TABLEAUX ET BAVARDAGES
LE BUVEUR DE TEMPS
LE MIROIR DE MA MÈRE (en collaboration avec Marthe Delerm)
AUTUMN (prix Alain-Fournier 1990), (Folio, n° 3166)
LES AMOUREUX DE L'HÔTEL DE VILLE
MISTER MOUSE (Folio n° 3470)
L'ENVOL
SUNDBORN OU LES JOURS DE LUMIÈRE (prix des Libraires 1997 et prix national des Bibliothécaires 1997, Folio n° 3041)
PANIER DE FRUITS
LE PORTIQUE (Folio n° 3761)

Aux Éditions Milan

C'EST BIEN
C'EST TOUJOURS BIEN

Aux Éditions Stock

LES CHEMINS NOUS INVENTENT

Aux Éditions Champ Vallon

ROUEN (collection «Des villes»)

Aux Éditions Flohic

INTÉRIEUR (collection «Musées secrets»)

Aux Éditions Magnard Jeunesse

SORTILÈGE AU MUSÉUM
LA MALÉDICTION DES RUINES

COLLECTION FOLIO

Dernières parutions

Composition Interligne
Impression Novoprint
à Barcelone, le 15 octobre 2002
Dépôt légal : octobre 2002

ISBN 2-07-042181-3/Imprimé en Espagne.